육체의 악마

Le Diable au Corps

세계문학전집 321

육체의 악마

Le Diable au Corps

레몽 라디게

원윤수 옮김

민음사

차례

육체의 악마　7

나는 많은 비난을 받을 참이다. 그러나 난들 어떻게 할 수 있겠는가? 선전포고 전에 내 나이가 열두 살 남짓이었던 것이 내 잘못이란 말인가? 아마도 그러한 비상시국이 나에게 가져다준 마음의 혼란은 그 또래엔 결코 겪기 어려울 것이었다. 그러나 외모에 상관없이 우리를 나이 먹게 할 만큼 강력한 것이란 없으므로, 어른이라도 난처해했을 연애 사건 속에서 나는 아이로서 행동할 수밖에 없었다. 나 혼자만이 아니다. 내 친구들도 그 시기에 대해선 자기네 선배들과는 다른 추억을 간직하게 되리라. 이미 나를 원망하고 있는 사람들은 아주 어린 그 수많은 소년들에게 전쟁이란 어떤 것이었는가를 상상해 보았으면 좋겠다. 그것은 말하자면 사 년 동안의 긴 여름방학이었던 것이다.

우리는 마른 강가의 F라는 곳에서 살았다.

나의 부모님은 남녀가 뒤섞여 노는 것을 권하기보단 비난하는 쪽이었다. 관능은 태어날 때부터 우리에게 배어 있어 아직도 무분별하게 나타나는데, 남녀 간의 뒤섞임에선 그것이 없어지기는커녕 이득을 본다는 것이었다.

나는 결코 몽상가는 아니었다. 보다 고지식한 사람들에겐 꿈과 같은 것이, 종(鐘) 모양 유리 덮개 속에 있는 치즈도 고양이에겐 현실의 것으로 보이는 것과 마찬가지로, 나에게는 현실로 보였던 것이다. 그렇지만 종 모양 유리 덮개는 존재한다.

유리 덮개가 깨지면 고양이는 그 기회를 이용한다. 비록 그것을 깨뜨리고 그것에 손을 다치는 것이 바로 자기 주인이라 하더라도.

열두 살이 될 때까지 나는 카르멘이라는 소녀에게 품었던 것을 제외하고는 아무런 풋사랑도 해 보지 못했다. 나는 나보다 어린 녀석을 시켜서 카르멘에게 편지를 한 통 건네주었는데, 거기에다 그 아이에 대한 나의 사랑을 고백했다. 그 사랑을 구실 삼아 데이트를 청했던 것이다. 내 편지는 그 애가 학교로 가기 전 아침에 전해졌다. 나는 나와 비슷한 유일한 여자아이를 골라잡은 셈이었다. 왜냐하면 그 아이는 깨끗했고 내가 남동생을 데리고 가듯 그 애는 자기 여동생을 데리고 학교에 가곤 했기 때문이다. 동생들인 두 증인이 소문을 내지 않도록 하기 위해, 나는 말하자면 그들을 부부로 결합시킬 생각을 해냈다. 따라서 내 편지에다, 글자도 쓸 줄 모르는 내 동생이

포베트 양에게 보내는 편지를 한 장 덧붙였다. 나는 동생에게 그 알선 내용과, 각자 우리들과 나이가 같고 아주 독특한 세례 명을 받은 그들 자매를 곧장 만나게 된 우리 형제의 행운을 설 명해 주었다. 내 응석을 받아 주고, 나를 결코 꾸짖지 않는 부 모님과 아침을 들고 난 다음 등교했을 때, 카르멘의 훌륭한 품 행을 내가 잘못 보진 않았다는 사실을 나는 슬프게도 알게 되 었다.

급우들이 자리에 앉자마자 — 수석이었으므로 교실 뒤쪽 벽장 속에서 그 시간에 필요한 독본들을 꺼내려고 웅크리고 있을 때 — 교장 선생이 들어왔다. 학생들은 일어섰다. 교장 선생은 편지 한 장을 손에 들고 있었다. 그것을 보자, 나는 두 다리의 힘이 빠져 버리고 들고 있던 책들을 떨어뜨리고 말았 다. 그러자 나는 그것들을 주워 모았다. 그러는 동안 교장 선 생은 담임 선생과 이야기를 나누고 있었다. 벌써 첫 줄 책상에 앉아 있던 급우들은, 얼굴을 붉히며 교실 구석에 있는 나에게 로 눈길을 돌렸다. 그들은 두 사람이 내 이름을 속삭이는 것을 듣고 있었기 때문이다. 마침내 교장 선생은 나를 불렀다. 그리 고 자기 딴에는 학생들에게 아무런 나쁜 생각도 일깨워 주지 않고 나에게 교묘하게 벌을 주려는 듯, 열두 줄이나 되는 편지 를 전혀 틀리지 않고 잘 썼다며 나를 칭찬해 주었다. 그는 그 편지를 나 혼자 썼느냐고 물어본 다음, 자기 사무실로 따라오 라고 했다. 그러나 사무실로 가기는커녕 뜰에서 소나기를 맞 으며 나를 꾸짖었다. 그때 도덕에 대한 나의 관념을 몹시 어지 럽힌 것은, 그 소녀의 명예를 위태롭게 한 것이 (그 아이 부모가 내 고백 편지를 교장에게 전했음은 물론이다.) 편지지 한 장을 훔친 것 정도로밖에 중대한 일이 아니라고 교장 선생이 생각한다는 사실이었다. 교장 선생은 그 편지를 집으로 보내겠다고 위협했다. 나는 그 편지를 가지고 아무 일도 하지 말아 달라고 애걸했다. 그러자 그는 자기 주장을 굽혔으나, 그 편지를 자신이 간직하겠다고 말했고, 또다시 이런 짓을 되풀이하는 날엔 내 나쁜 행동을 더 이상 눈감아 줄 수 없으리라고 말했다.

그러한 뻔뻔스러움과 수줍음의 뒤섞임은 나의 집안 식구들을 헷갈리게 했으며, 속아 넘어가게 했다. 학교에서는 게으름뱅이 짓에 불과한 쉽게 해치우는 내 능력이, 나를 선량한 학생으로 보이게 한 것처럼.

나는 교실로 돌아왔다. 비꼬기 잘하는 선생은 나를 '동 쥐앙'[1]이라고 불렀다. 나는 알고 있으나, 내 급우들이 모르는 작품 속 이름을 선생이 인용했다는 것에 나는 특히 흡족했다. 선생의 "안녕한가, 동 쥐앙."이란 말과, 그 뜻을 잘 안다는 듯한 나의 미소는 급우들이 나를 대하는 태도를 바꾸게 했다. 학생들이 자기네 거친 말로 일컫는 소위 "계집애"에게 편지를 전해 주도록 하급생에게 시켰던 사실을 아마도 급우들은 이미 알고 있었는지도 모른다. 그 하급생은 '메사제'[2]라고 불렸다. 나는 그 이름에 끌려 그를 선발하지는 않았으나, 그 이름에 신

---

1) 스페인에 기원을 둔 전설적인 인물로, 돈 후안의 프랑스어 식 발음이다. 부도덕하고 방탕한 유혹자로서 17세기 프랑스 작가 몰리에르의 희곡 「동 쥐앙」의 주인공이기도 하다.
2) Messager, 프랑스어로 배달인, 전달자라는 뜻. 흔히 '메신저'라고도 한다.

뢰감을 느꼈던 것이다.

1시에 나는 교장 선생에게, 아버지한테 아무 말도 하지 말 아 달라고 빌었다. 그러나 4시엔 아버지에게 모든 것을 이야 기하고 싶어 애가 탈 지경이었다. 이야기하도록 강요하는 것 은 아무것도 없었다. 솔직한 내 성격 때문에 고백한다고 할 수 있으리라. 아버지가 화를 내지 않으리라는 것을 나는 알고 있 었으므로, 요컨대 아버지가 내 무용담을 알게 될 것을 생각하 고 황홀했던 것이다.

그래서 나는 교장 선생이 절대적인 비밀 엄수를 나에게 약 속했다는 것(마치 어른에게 하듯)을 자랑스럽게 덧붙여서 아버 지에게 고백을 했다. 아버지는 내가 그 사랑 이야기를 온통 지 어낸 것이 아닌가 알고 싶어 했다. 아버지는 교장 선생 집으로 갔다. 방문 중에 아버지는 익살스러운 장난으로만 믿어지는 내 얘기를 말끝에 덧붙여서 언급하게 되었다. 그러자 "뭐라고 요?" 하고 깜짝 놀라며 아주 당황하면서 교장은 말했다. "그 것을 그 애가 말해 줬습니까? 아버지가 알면 자기를 죽여 버 릴 거라면서 나에게 비밀을 지켜 달라고 애걸했는데요……."

그러한 거짓말은 교장의 입장을 살려 주긴 했지만, 그것은 어른이 되었다는 나의 도취감을 한층 거들어 줬다. 당장에 나 는 급우들의 존경과 담임 선생의 윙크를 받게 되었던 것이다. 교장은 자신의 양심을 감추었다. 불쌍한 교장 선생은 내가 이 미 아는 사실을 몰랐던 것이다. 내가 알고 있다는 사실이란, 교장의 행동에 충격을 받은 아버지가 학기가 끝나도록 기다 린 뒤에 나로 하여금 학교를 그만두게 하기로 결정을 내린 것이다. 그때가 6월 초였는데, 그 일이 내가 상을 타는 데 영향을 주는 것을 원치 않았던 어머니는 시상식 후까지 그 사실을 숨겼다. 그날이 오자, 자기 거짓말의 좋지 않은 결과를 막연히 두려워하던 교장의 불공평한 처사 덕분에 학급에서 나만이 금메달을 받았다. 그것은 또한 우등상에도 해당되는 상이었다. 그 결정은 오산이었다. 그 일로 학교는 훌륭한 두 학생을 잃었으니 말이다. 왜냐하면 우등상을 정말 탔어야 했을 학생의 아버지는 자기 아들을 자퇴시켜 버렸기 때문이다.

결국 우리 같은 학생은 다른 학생들을 끌어들이는 데 미끼로 이용됐던 것이다.

어머니는 내가 앙리 4세 리세[3]에 가기엔 너무 어리다고 생각했다. 어머니 생각엔 내가 기차를 타기엔 너무 어리다는 것이었다. 나는 이 년 동안 집에 있었다. 혼자 공부를 했던 것이다.

나는 한없는 즐거움을 기대했다. 내 옛 급우들이 이틀 동안에도 해내지 못한 공부를 네 시간에 해치우는 데 성공함으로써 반나절이나 더 자유로울 수 있었기 때문이다. 나는 마른 강가에서 홀로 산책을 하곤 했다. 마른 강이 마치 우리들의 강처럼 느껴져, 누이들은 센 강에 대해 말하면서도 곧잘 "마른 강" 같은 강이라고 말하곤 했다. 나는 아버지가 금지했음에도 아버지 배에 타곤 했으나 노를 젓지는 않았다. 스스로 그렇다고 인정하지 않았지만, 아버지 말을 거역하는 데 대한 두려움에

---

3) 프랑스 국립 중고등학교 중에서 가장 유명한 학교의 하나.

서였다기보다는 단지 겁이 나서 그랬던 것이다. 나는 그 배에 누워서 책을 읽었다. 1913년과 1914년 사이에 이백 권을 그곳에서 읽어 냈다. 나쁘고 해로운 책은 하나도 없었다. 정신적인 양식은 되지 못하지만 적어도 읽어서 득이 되는 아주 훌륭한 책들이었다. 그래서 오랜 세월이 흘러, 흔히 어린이 문고들을 멸시하는 경향을 보이는 사춘기에 이르러서도, 나는 그 책들의 유치한 매력에 끌렸던 것이다. 그 시기에는 별로 그런 책들을 읽으려고 하지 않았을 텐데도 말이다.

공부와 번갈아 하는 그 놀이의 불리한 점은, 한 해 전체가 내게는 가짜 방학으로 변형된다는 사실이었다. 따라서 매일 하는 공부는 극히 보잘것없는 것이 되었다. 게다가 다른 아이들보다 적게 공부했기 때문에, 그들의 방학 동안 난 한층 더 열심히 공부해야 했던 것이다. 그 보잘것없는 공부는 고양이가 일생 동안 자기 꼬리에 간직하고 다닐 코르크 마개 같은 것이었다. 고양이는 차라리 한 달 동안 냄비를 끌고 다니기를 택했을 텐데.

진짜 방학이 다가왔다. 그러나 나는 그에 별로 흥미가 없었다. 왜냐하면 나에겐 방학이라고 해서 조금도 다를 것이 없었기 때문이다. 고양이는 종 모양 유리 덮개로 덮인 치즈를 여전히 바라보고 있었다. 그런데 전쟁이 일어난 것이다. 그 전쟁은 유리 덮개를 깨뜨려 버렸다. 주인들에겐 다른 할 일이 생겼다. 그래서 고양이는 기뻐하게 된 것이다.

사실 프랑스에선 제각기 흥겨워했다. 어린이들은 상으로

받은 책들을 팔에 낀 채 포스터 앞에 모여들었다. 불량 학생들은 가정의 혼란을 틈탔다.

우리들은 여느 때와 마찬가지로, 저녁을 먹은 다음 우리 집에서 2킬로미터나 떨어진 J 역으로 가서 군용 열차가 지나가는 것을 구경하곤 했다. 우리들은 초롱꽃을 가지고 가서 병정들에게 던져 주고는 했다. 블라우스를 입은 부인들이 병사들 물통 속에 붉은 포도주를 부어 줬으며, 꽃으로 뒤덮인 플랫폼에 포도주를 몇 리터씩 흘려 버리기도 했다. 그러한 모든 것들이 불꽃놀이의 추억을 나에게 남겨 주었다. 그리고 일찍이 그렇게 많은 포도주가 낭비된 일이 없었고, 그렇게 많은 꽃이 꺾인 적이 없었다. 우리들 집의 모든 창문은 온통 깃발로 장식되어야만 했다.

마침내 우리들은 J 역에 가지 않게 되었다. 내 형제와 누이들은 전쟁을 원망하기 시작했다. 그들은 전쟁이 너무 길다고 생각했다. 전쟁은 그들이 바닷가에 가는 것을 막아 버렸던 것이다. 늦게 일어나는 게 습관이었던 터에, 그들은 6시에 신문을 사러 가야만 했다. 참으로 초라한 심심풀이였다. 그러나 6월 20일 무렵에 이 어린 녀석들은 다시 희망을 품었다. 어른들이 늑장 부리는 식탁에서 자리를 뜨는 대신 그대로 머물러서 아버지가 피난 가는 일에 관해 하는 말을 들었다. 필시 이젠 이용할 교통 수단이 없을 것이라는 얘기였고, 자전거로 먼 여행을 할 도리밖에 없을 거라고 아버지는 말했다. 남동생들은 어린 누이를 놀려 줬다. 그 애의 자전거 바퀴는 지름이 겨우 40센티미터에 불과했기 때문이다. 남동생이 "너 혼자 한

길에 놔둘 거야."라고 말하자 누이동생은 흐느껴 울었다. 그러나 자전거를 손질하는 데 얼마나 활기를 띠었는지! 그들에게선 이젠 게으름이란 찾아 볼 수 없었다. 그들은 내 자전거도 고쳐 주겠다고 제의했다. 그들은 뉴스를 듣기 위해 새벽부터 일어났다. 저마다 놀랐지만, 나는 그 애국심의 동기를 마침내 알아냈다. 자전거 여행을 한다는 것이었다! 바다까지! 그것도 보통 때보다 더 멀고, 더 아름다운 바다로 말이다. 좀 더 빨리 출발하기 위해 그들은 파리라도 불태워 버릴 기세였다. 즉 유럽을 공포에 떨게 하는 것이 그들의 유일한 희망이 되었던 것이다.

어린아이들의 이기주의가 우리들의 이기주의와 그렇게 다를까? 여름에 시골에서 우리는 비를 저주한다. 그러나 농부들은 그 비를 갈구하는 것이다.

큰 변화가 전조 없이 생기는 일이란 흔하지 않다. 오스트리아 황태자 암살 사건, 카요[4]의 소송 소동 등은 괴상한 사건들이 일어날 질식할 것 같은 분위기를 조성해 주었다. 그러므로 전쟁에 대한 나의 진짜 추억은, 그 전쟁 이전으로 거슬러 올라가는 것이다.

이런 일이 있었다.

내 사내 동생들과 나는 이웃에 사는 한 괴상한 영감을 놀려 주곤 했는데, 그는 흰 턱수염이 나고 머리에는 두건을 쓰고 다

---

4) 1914년 3월에 당시 재무장관이었던 카요의 부인이, 전쟁 방지를 위해 노력하는 남편을 중상한 《피가로》 주필을 사살한 사건.

니는, 키가 아주 작은 마레쇼라는 면의회 의원이었다. 모두가 그를 마레쇼 영감이라고 불렀다. 이웃인데도 우리는 그에게 인사를 하지 않았다. 더 참을 수 없었는지, 마침내 그는 몹시 화가 나서 어느 날 한길에서 우리에게 다가와 이렇게 말하는 것이었다. "어, 그것 참! 면의회 의원에게 인사도 안 해?" 그러자 우리는 줄행랑쳤다. 그런 무례한 짓을 하고 난 다음부터 적대 행위는 공공연해졌다. 그러나 면의회 의원이 우리들과 맞붙는게 무슨 소용이란 말인가? 학교에서 돌아오는 길에, 혹은 학교로 가는 길에, 내 사내 동생들은 면의회 의원 집 초인종을 잡아당기곤 했는데, 내 나이쯤 되었을 개를 두려워하지 않고, 그 개가 짖어 대면 댈수록 더 한층 대담하게 당겼던 것이다.

1914년 7월 14일[5] 전날, 내 사내 동생들을 마중하러 가는 길에 마레쇼 영감네 집 철책에 사람들이 모여 떠들썩한 것을 보고 나는 깜짝 놀랐다. 소용없는 가지를 쳐 버린 몇 그루 보리수는 정원 구석에 있는 그의 별장 풍 집을 훤히 드러내 보였다. 오후 2시부터 그 집 젊은 하녀가 발광을 해서 지붕 위로 피신한 후 내려오기를 거부하는 중이었다. 마레쇼네 사람들이 소문 날까 겁을 내 덧문을 닫아 버렸기 때문에 마치 버려진 집처럼 보여서 지붕 위에 있는 그 미친 여자의 비극은 더욱 심각해 보였던 것이다. 사람들은 수군댔고, 그 불행한 여인을 구출하려 들기는커녕 밖을 내다보지도 않는 집 주인들에게 분개

---

5) 프랑스 대혁명 기념일로 국경일이다.

했다. 그녀는 기왓장 위에서 비틀거렸으나 그렇다고 술 취한 사람 같지는 않았다. 나는 그곳에 계속 머물고 싶었다. 그러나 어머니가 보낸 우리 집 하녀가, 공부하라고 우리를 데리러 왔다. 만약 말을 듣지 않으면 7월 14일 잔치에 끼지 못할 것이라는 얘기였다. 그리하여 나는 몹시 비탄에 빠져서 그곳을 떠났다. 그리고 내가 아버지를 마중하러 역에 갈 때까지 그 하녀가 지붕 위에 그대로 있게 해 주십사 하고 하느님께 빌었다.

그녀는 그 자리에 있었다. 그러나 파리에서 돌아오는 드문 통행인들은, 저녁 식사에 늦지 않기 위해, 또는 무도회에 빠지지 않기 위해 걸음을 재촉했다. 그들은 잠깐 동안 건성으로 그녀를 바라볼 뿐이었다.

그런데 그때까지 그 하녀의 행동은 다소간 공개 연습에 불과했다. 관례에 따라 켜지는 가지 달린 초롱불이 자기에게 진짜 각광을 줄 저녁이 되면 그녀는 본격적으로 시작할 기세였다. 대로변과 정원 안에 각각 가지 달린 초롱불이 있었다. 마레쇼네 사람들은 비록 집이 비어 있는 것처럼 꾸몄을 망정, 저명인사의 체면 때문에 불을 밝히지 않을 수 없었다. 머리카락을 너울거리는 한 여인이 마치 깃발들로 장식된 선박 갑판 위를 거닐 듯 지붕 위에서 왔다 갔다 하는 그 범죄의 집이 풍기는 환상적 느낌을 그녀의 목소리가 한몫 거들고 있었다. 그것은 비인간적이고 쉬어 있는, 오싹 소름이 끼치게 하는 감미로운 목소리였다.

조그만 면의 소방대원이란 '의용소방대원'들이기 때문에, 그들은 각기 다른 직업에 종사하고 있었다. 즉 우유 장수, 과자 장수, 자물쇠 장수 들이 일단 자기네 일이 끝난 다음, 일어난 불이 저절로 꺼지지 않았을 때에만 비로소 불을 끄러 오는 정도였다. 동원령이 내려지자마자 우리 고장 소방대원들은 일종의 기묘한 민병대를 조직하여 정찰과 기동 연습과 야간 순찰 등을 했다. 드디어 용감한 민병대원들이 나타나서 군중들을 헤치며 들어갔던 것이다.

한 여인이 앞으로 다가섰다. 그녀는 마레쇼 영감의 적수인 한 면의회 의원의 부인이었다. 그녀는 조금 전부터 수다를 떨며 그 미친 여자를 동정하고 있었다. 그녀는 소방 대장에게 이렇게 권고하는 것이었다.

"저 애를 부드럽게 다뤄 주세요. 저 불쌍한 애는 저 집에서 마구 매를 맞으며 몹시 구박을 받았으니까요. 무엇보다도 저 애가 저러는 것이 저 집에서 쫓겨나 일자리가 없어질까 봐 겁이 나서 그러는 것이라면, 우리 집으로 데려가 주겠다고 말해 주세요. 나는 저 애의 급료를 두 배로 주겠어요."

그러한 수다스러운 동정은 군중들에게 별로 신통한 효과를 주지는 못했다. 그 부인은 오히려 군중들을 귀찮게 했던 것이다. 그들은 그 미친 여자를 잡는 방법만을 생각하고 있었으니까. 민병대원 여섯은 철책을 넘어 집을 포위하고 사방으로 기어올라 갔다. 그러나 한 민병대원이 지붕 위에 나타나자마자 군중들은 인형극을 보는 아이들처럼 미친 여자에게 알려 주기 위해 고래고래 소리를 지르기 시작했다.

"조용히들 하세요!" 하고 그 면의회 의원의 부인은 외쳤다. 그 소리는 군중들의 "저기 있다! 저기 있다!"라는 외침을 더욱 돋우었다. 그 소리를 듣고 미친 여자는 기왓장으로 무장한 다음, 지붕 위까지 올라온 민병대원의 투구에다 기왓장 하나를 던졌다. 그러자 이내 다른 다섯 명은 겁이 나서 내려오고 말았다.

면사무소 앞 광장에 있는 여러 사격장, 회전목마 코너, 매점 등에선 수입이 좋을 것으로 생각했던 그날 밤에 고객들이 너무 적은 것에 대해 탄식하고 있는 동안, 그중에서도 가장 대담한 불량배들이 담을 뛰어넘어 잔디밭으로 밀려들어 미친 여자 잡는 일에 끼어들었다. 그 미친 여자는 무엇인가 지껄였는데, 나는 그걸 잊어버렸으나, 그 여자 목소리에는 자신은 옳고 다른 모든 사람들은 그르다는 확신을 드러내는 저 체념 섞인 깊은 애수가 있었다. 불량배들은 장터의 구경거리보다는 그 미친 여자가 벌이는 광경을 더 좋아했으나, 되도록이면 두 가지를 함께 즐기려고 했다. 따라서 자기네가 없는 동안 미친 여자가 잡힐까 봐 안달하면서도 얼른 달려가서 회전목마를 급히 한 바퀴 타고 왔다. 좀 더 약은 다른 한 패는 마치 뱅센 숲 열병식이라도 구경하듯, 보리수 가지 위에 자리를 잡고서, 벵골 불꽃을 켜고 폭죽을 터뜨리며 만족들을 하고 있었다.

그 소음과 불빛으로 둘러싸인 집 안에 갇혀 있는 마레쇼 영감의 불안은 짐작할 만했다. 그 자비심 많은 부인의 남편인 면의회 의원은 조그만 철책 위에 올라가서 집주인들의 비겁함을 비난하는 즉흥 연설을 했다. 그러자 모였던 사람들은 박수

갈채를 보냈다.

사람들이 바로 자기에게 박수 치는 것이라 믿고 미친 여자는 답례를 했다. 그녀는 양팔에 기왓장 한 무더기씩을 끼고 있었는데, 투구 하나가 번쩍일 때마다 기와를 한 장씩 던졌다. 그녀는 비인간적인 끔찍한 목소리로, 사람들이 마침내 자기를 이해해 줘서 고맙다고 치사했다. 그러자 나는 침몰되어 가는 자기 배 위에 홀로 남은 어떤 소녀 해적 선장을 떠올렸다.

군중들은 약간 지쳐서 흩어졌다. 반면에 어머니가, 가슴 조이는 일을 하고 싶어 하는 욕구를 채워 주기 위해 아이들을 회전목마에서 고속궤도 열차로 데리고 간 사이에, 나는 아버지와 함께 거기에 남고 싶었다. 물론 나는 그 이상한 욕구를 내 형제들보다 한층 더 강하게 느꼈었다. 나는 내 심장 고동이 빠르고 불규칙하게 뛰는 것을 좋아했다. 하지만 심오한 시정(詩情)이 스민 그 광경이 나를 한층 만족시켜 주었다. "넌 안색이 창백하구나." 하고 어머니가 내게 말했다. 나는 벵골 불꽃 때문이라고 꾸며 댔고, 그 불꽃이 푸른 색으로 보인다고 말했다.

"하여튼 이 광경이 얘에게 너무 강한 인상을 줄까 걱정이에요." 하고 어머니는 아버지에게 말했다.

"아아, 이 아이 이상으로 무감각한 아이는 없다오. 가죽 벗긴 토끼 말고는 무엇이나 봐도 좋다오." 하고 아버지는 대답했다.

아버지는 내가 남을 수 있도록 그런 말을 했다. 그러나 그 광경이 내 마음을 뒤흔들어 놓은 것을 아버지는 알고 있었다. 나는 그 광경이 아버지의 마음도 뒤흔들어 놓은 것을 알고 있었다. 나는 아버지에게 좀 더 잘 보이도록 어깨 위로 목말을 태워 달라고 했다. 실제로 나는 기절할 것 같았고, 내 두 다리는 더 이상 나를 지탱할 수가 없었다.

이젠 스무여 명가량 밖에 남지 않았다. 우리는 나팔 소리를 들었다. 야간 횃불 행렬이 돌아가는 것을 알리는 신호였다.

별안간 미친 여자를 비추는 빛이 환해졌다. 여지껏 부드러운 풋라이트 조명이 비춰 주었는데, 새로운 스타를 촬영하듯이, 마그네슘 플래시가 팍 터지는 것 같았다. 그러자 그녀는 고별의 표시로 손을 흔들면서 이제는 세상의 종말이라고 생각했거나 사람들이 자기를 잡을 참이라고 단순하게 생각했던지, 지붕에서 몸을 던져 떨어지면서 무시무시한 소리를 내며 현관 유리 지붕을 깨고는 돌계단 위에 넓죽하게 뻗었던 것이다. 그때 비록 두 귀가 윙윙 울리고 마음이 약해졌지만, 나는 모든 것을 견뎌 내려고 애썼다. 그러나 "아직도 살아 있어."라고 사람들이 외치는 것을 듣자 나는 의식을 잃고 아버지 어깨에서 굴러떨어졌다.

정신을 차리자 아버지는 나를 마른 강가로 데리고 갔다. 그곳 풀숲에서 아버지와 나는 다리를 뻗고 누워 아무 말 없이 아주 늦게까지 머물렀다.

그 하녀의 유령! 돌아오는 길에 흰 그림자가 철책 뒤로 보이는 것 같았다. 하지만 그것은 면직물 모자를 쓴 마레쇼 영감이었다. 그는 피해 상황을 물끄러미 바라보며 심사숙고하고 있었다. 유리가 깨진 현관 지붕, 기왓장들, 잔디밭, 나무 숲, 피로 물든 계단, 엉망이 된 자기의 위신 등을 말이다.

내가 이러한 일화를 굳이 강조해 쓰고 있는 것은, 그 사건이 다른 어떤 것보다도 그 전쟁이라는 이상한 시기를 잘 이해시킬 수 있고, 사태의 그림 같은 정취 있는 모습보다는 그 시정(詩情)이 나에게 얼마나 더 강한 인상을 주었는가를 잘 이해시켜 줄 수 있다고 생각하기 때문이다.

대포 소리가 들렸다. 모오 가까이에서 전투 중이었다. 사람들이 말하기를, 우리 고장에서 15킬로미터 떨어진 라니 부근에서 독일과 오스트리아 창기병들이 잡혔다는 것이다. 정원에다 괘종시계, 정어리 통조림 등을 파묻은 후, 전쟁 초반에 피난을 가 버린 자기 친구에 대해 숙모가 이야기하는 동안 나는 아버지에게 우리의 오래된 책들을 가지고 갈 방법을 물었다. 책들을 잃는다는 것이 나에겐 가장 괴로운 일이었기 때문이다.

마침내 우리가 피난 갈 채비를 갖추었을 때, 신문들은 피난이 쓸데없는 짓이라는 것을 알려 주었다. 내 누이동생들은 이젠 J 역에 있는 부상자들에게 바구니로 배를 날라다 주곤 했다. 그 애들은 일종의 손해 배상을 받은 셈이었지만, 누이동생들은 그렇게 해서 좌절된 모든 아름다운 계획들에 대한 벌충, 사실보잘것없지만 그 벌충을 찾아낸 것이었다. 누이동생들이 J 역에 도착했을 때엔, 바구니는 거의 비어 있었다!

나는 앙리 4세 리세에 입학하도록 되어 있었다. 그러나 아버지는 나를 아직도 한 해는 더 시골에 두고 싶어 했다. 그 침울한 겨울, 내 유일한 즐거움은 우리 동네 신문 가게로 뛰어가서 《르 모》[6] 한 부를 가져오는 일이었다. 그 신문은 내 마음에 들고, 매주 토요일에 나왔다. 토요일이 되면 나는 결코 늦게 일어나는 일이 없었다.

그러나 봄이 왔다. 내가 난생처음 하는 엉뚱한 짓으로 홍겨워진 봄이었다. 의연금을 모금한다는 구실로 그해 봄에 나는 외출복으로 단장을 하고, 오른 쪽에 어린 여자 아이를 데리고 여러 번 여기저기 옮겨 다녔다. 나는 모금 상자를 들고 그 아이는 휘장이 든 바구니를 들었다. 두 번째 의연금 모금이 시작되자 내 동료들은 소녀와 함께 보내도록 허용된 그 자유로운 날들을 이용할 방법을 일러 주었다. 그때부터 우리는 가능한 한 오전 중에 많은 돈을 서둘러서 모았다. 그리고 점심때 자선회의 발기인 역할을 하는 부인에게 모금한 것을 넘겨주고는 슈느비에르 언덕으로 가서 온종일 장난을 치곤 했던 것이다. 처음으로 나는 친구를 하나 얻었는데, 그의 누이 동생과 모금하는 것이 즐거웠다. 처음으로 나는 나와 마찬가지로 조숙한 소년과 친해졌다. 그의 예쁘장한 모습과 대담한 행동에 감탄까지 하면서 말이다. 우리 또래들에 대해 그와 내가 품는 공통의 경멸은 우리를 한층 가깝게 해 주었다. 우리는 우리들만

---

6) le mot, '말'이라는 뜻이다.

이 사물을 이해할 수 있다고 생각했다. 요컨대 우리들에게만 이 여자들의 사랑을 받을 만한 자격이 있다고 생각했다. 우리들은 스스로를 어른이라고 믿었던 것이다. 운 좋게 우리는 서로 떨어질 수 없는 사이가 되었다. 르네는 벌써 앙리 4세 리세에 다니고 있었다. 나는 그와 똑같이 3학급[7]에 들어갈 참이었다. 그는 희랍어를 공부하지 않을 예정이었다. 그는 자기도 희랍어를 배울 수 있게 하도록 부모를 설득한다는 엄청난 희생을 나를 위해 해 주었다. 그러면 우리는 항상 함께 있는 것이었다. 그는 첫 한 해 수업을 듣지 않았기 때문에 특별수업을 받아야만 했다. 르네의 부모는 도무지 이해할 수가 없었다. 바로 일 년 전에 그 애의 애원으로 희랍어를 공부하지 않는 것에 동의했기 때문이다. 그들은 거기서 내 영향력의 훌륭한 성과를 보았던 것이다. 그래서 그의 부모는 그의 다른 친구들은 참고 견뎌 냈지만, 적어도 나만은 유일하게 인정을 해 주었다.

처음으로 그해 방학은 하루도 지루한 날이 없었다. 따라서 나는 아무도 나이를 벗어날 수 없으며 나의 그 위험한 경멸심도, 누군가 내 마음에 들기 위해 주의를 기울여 주면 이내 얼음처럼 녹아 버린다는 사실을 알았다. 이렇게 우리가 함께 걸어 나아가는 것은 그와 내가 제각기 자존심을 갖고 가야만 할 길을 반으로 줄여 주었다.

개학 날 르네는 나에게 가장 귀중한 안내인이었다.

---

7) 우리나라 고등학교 1학년에 해당.

그와 함께라면 모든 것이 즐거웠다. 그리고 혼자서는 단 반 발짝도 못 가는 내가, 앙리 4세 리세와 바스티유 사이를 하루에 두 차례씩 걸어 다니는 것을 즐거워했다. 그 바스티유 역에서 우리는 기차를 타곤 했던 것이다.

그처럼 삼 년을 지냈다. 목요일[8]의 장난 말고는 다른 우정도 희망도 없이 말이다. 목요일 장난이란 내 친구의 부모가 자기 아들의 친구들과 자기 딸의 친구들이 함께 간식을 들도록 초대하면서 아무런 의미 없이 고지식하게 만나게 해 주는 소녀들과 함께 노는 것이었다. 우리들은 벌금 놀이를 한다는 구실로 자질구레한 애정 표시를 슬쩍 나누곤 했던 것이다.

---

8) 중, 고등학교 수업이 없는 날이다.

아름다운 계절이 되자, 아버지는 동생들과 나를 멀리까지 산책하는 데에도 데리고 가는 것을 즐겼다. 우리들이 좋아하는 목적지 중 하나는 오르므송으로, 1미터 폭 모르브라 강을 따라 초원을 가로질러 가는 곳인데, 그 초원에는, 이름은 잊었지만 다른 곳에선 볼 수 없는 꽃들이 피어 있었다. 물 냉이와 박하 숲 들이 발 밑을 가려, 우리는 물이 스민 곳을 밟기도 했다. 그 냇물은 봄이 되면 수많은 흰 빛, 분홍 빛 꽃잎들을 실어다 주었다. 산사나무였다. 1917년 4월 어느 일요일, 여느 때와 마찬가지로 우리는 라 바렌 행 기차를 탔다. 그곳에서 우리는 걸어서 오르므송으로 갈 참이었다. 아버지는 나에게 라 바렌에서 기분 좋은 그랑지에 씨 가족을 다시 만날 거라고 말했다. 나는 그들을 알고 있었는데, 한 미술 전람회 목록에서 마르트라는 그 집 딸 이름을 보았기 때문이다. 어느 날 부모님이 그랑지에라는 사람의 방문에 대해 이야기하는 것을 들은 적이 있었다. 그는 열여덟 살이 된 자기 딸의 작품이 가득 든 종이 상자를 가지고 왔다. 마르트는 앓고 있었다. 그녀의 아버지는 자기 딸에게 놀랄 만한 일을 해 주고 싶었던 모양이다. 즉 우리 어머니가 회장인 자선 전람회에 그녀의 수채화들을 출품하는 것이었다. 아무런 기교도 부리지 않은 작품들이었다. 그 그림을 보면 혀를 내밀고 붓을 핥으며 미술 강의를 충실히 듣는 훌륭한 학생을 연상할 수 있었다. 라 바렌 역 플랫폼에서 그랑지에 가족은 우리를 기다리고 있었다. 그랑지에 씨 부부는 쉰 줄에 들어선 것으로 보였다. 그러나 그랑지에 부인이 자기 남편보다 나이가 위인 것처럼 보였다. 그녀의 기품 없는 모습과 작은 키에, 그녀는 첫눈에 내 맘에 들지 않았다. 산책을 하는 동안 그녀가 자주 눈살을 찌푸리는 것을 나는 보았다. 그러면 그녀의 이마는 주름살로 뒤덮였는데, 그 주름살들이 펴지는 데에 일 분은 걸렸다. 내 생각이 부당하다는 자책감을 갖지 않도록, 그녀가 내 마음에 들지 않는 이유를 모두 갖출 수있도록 그녀에게 아주 저속한 말버릇이 있기를 나는 바랐다. 그러나 그 점에 있어서는 그렇지 않아 나는 실망했다.

아버지 쪽은 부하에게 존경을 받았던 예비역 하사관으로, 정직한 사람 같았다. 그런데 마르트는 어디 있단 말인가? 그녀의 부모 외 다른 동반자가 없는 산책을 생각하고 나는 몸서리쳤다. 그녀는 다음 기차로 오기로 했다. "시간에 맞춰 준비할 수 없었기 때문에 십오 분 후에 올 거예요. 그 애 동생도 함께 올 겁니다."라고 그랑지에 부인은 해명했다.

기차가 역에 들어섰을 때, 마르트는 객차 디딤대 위에 서 있었다. "기차가 멈출 때까지 좀 기다려라." 하고 그녀의 어머니는 외쳤다. 그러한 그녀의 무모한 짓은 나를 매혹했다.

그녀의 옷, 모자 등은 매우 소박했는데, 모르는 사람들이 뭐라고 하든 자신은 대수롭게 여기지 않는다는 것을 증명했다. 그녀는 열 살쯤 되어 보이는 소년의 손을 잡고 있었다. 그 아이는 그녀의 남동생이며 색소결핍증으로 머리가 하얀 창백한 소년이었다. 그 아이의 모든 몸짓이 병의 증세를 드러내 보였다.

한길에서 마르트와 나는 맨 앞에서 걸었다. 아버지는 그랑지에 부부 사이에 끼어 뒤따라왔다. 내 동생들은 그 작고 허약한 새 친구와 함께 하품을 하고 있었다. 그 아이에겐 뛰지를 못하게 했던 것이다.

내가 수채화들에 대하여 마르트를 칭찬하자, 그녀는 겸손하게 그것들은 습작품들이라고 대답했다. 그녀는 그것들을 별로 대수롭게 여기지 않는다는 것이었다. 그녀는 양식화(樣式化)된 꽃들을 나에게 보이는 것이 더 좋을 거라고 했다. 그러한 꽃들을 우스꽝스럽게 여긴다는 말을 그녀에게 하지 않는 것이 좋겠다고 나는 생각했다. 그런 것은 처음 해 보는 경험이었다.

그녀는 모자를 쓰고 있어 나를 잘 볼 수 없었다. 그러나 나는 그녀를 잘 관찰할 수 있었다.

"어머님을 별로 닮지 않았군요." 하고 나는 말했다.

애교가 담긴 달콤한 찬사였다.

"다들 그런 말들을 해요. 그렇지만 우리 집에 오면, 엄마의 젊었을 때 사진들을 보여 주지요. 그 사진을 보면 내가 엄마를 많이 닮았다는 사실을 알게 될 거예요."

나는 그 대답을 듣고 기분이 좋지 않았다. 동시에 마르트가 자기 어머니 나이가 되었을 때엔 그녀를 보지 않게 되길 하느님께 빌었다.

마르트는 다행히도 나와 같은 눈으로 자기 어머니를 보지 않으며, 따라서 그녀 대답이 오직 나에게만 괴로운 것이라는 사실을 생각지 못하고서, 나는 그 대답이 나에게 준 불쾌감을 없애 버리기 위해 그녀에게 이렇게 말했다.

"그렇게 손질한 머리 모양은 좋지 않은데요. 반들반들 윤기 있는 머리 그대로가 더 어울릴 텐데요."

나는 일찍이 한 여자에게 그런 말을 한 일이 없었던 만큼 겁이 났다. 도대체 내 머리 모양은 어떤가 하고 생각해 보았다.

"우리 엄마한테 물어보면 알 거예요. (마치 변명이 필요한 듯이!) 보통 난 머리 손질을 이렇게 흉하게 하지는 않아요. 그런데 벌써 늦었고, 두 번째 기차도 놓칠까 봐 걱정을 했거든요. 게다가 난 모자를 벗지 않을 작정으로 그대로 왔던 거예요."

'장난꾸러기 사내 녀석이 자기 머리 모양에 시비 거는 것을 용인하다니, 어떻게 된 계집아이인가?' 하고 나는 생각했다.

난 문학에 대한 그녀의 취미를 알아내려 했다. 그녀가 보들레르와 베를렌을 알고 있어 나는 즐거웠다. 그리고 그녀가 보들레르를 사랑하는 방법에 매혹되었다. 그 방법이 나와 같지는 않았지만 말이다. 나는 거기에서 일종의 반항을 엿보았다. 그녀의 부모는 마침내 그녀의 취미를 인정해 주었던 것이다.

마르트는 자기 부모가 마음속으로부터 그렇게 해 준 것이 아니라 딸에 대한 애정으로 마음이 약해져서 인정해 준 것뿐이라고 부모를 원망했다. 그녀의 약혼자는 편지에다 자기가 읽는 책에 대해 그녀에게 이야기했고, 어떤 책을 읽으라고 권하면서 어떤 책들은 읽지 말라고 했다는 것이다. 그녀의 약혼자는 그녀에게 『악의 꽃』을 읽지 못하도록 했다. 그녀가 약혼했다는 것을 알고 놀라 기분이 나빠졌던 나는, 보들레르를 두려워할 정도로 아주 바보인 병정에게 그녀가 복종하지 않는 것을 알고 기분이 좋아졌다. 그가 마르트에게 자주 실망을 줬을 것이 틀림없다고 느껴지자 나는 행복했다. 불쾌한 첫 놀라움에 이어 그녀 약혼자의 속이 좁은 것에 나는 기뻐했다. 그가 『악의 꽃』을 즐겨 음미했다면 그들의 미래 아파트가 「사랑하는 사람들의 죽음」[9]에 나오는 아파트와 같은 것이 되지 않을까 걱정했기 때문에 더욱 기뻤다. 그러나 이어서 그것이 나와 무슨 상관인가 하고 생각해 보았다.

그 약혼자는 또한 그녀가 미술 학원에 가는 것을 금지했다. 나는 그곳에 한 번도 가 보지 못했는데도 그녀를 미술 학원에 안내하겠다고 제의했고, 내가 그곳에서 자주 공부를 한다고 덧붙였다. 그러나 이어 나는 거짓말이 탄로날까 두려워서, 그녀에게 나의 아버지에겐 아무 말도 말라고 청했다. 나는 내가 미술 학원인 그랑드 쇼미에르에 가기 위해 체육 시간을 빼먹는 것을 아버지가 모르신다고 말했다. 나체 여인들을 보는 것

---

9) 보들레르의 『악의 꽃』에 수록된 시.

을 부모님이 금하기 때문에 내가 그 사실을 숨긴다고 그녀가 생각하지 않았으면 했기 때문이다. 우리 사이에 비밀이 생겨 나는 즐거웠다. 그리고 소심한 내가 벌써 그녀와 함께 있으면 폭군이 되어 버린다는 사실을 느낄 수 있었다.

그리고 그녀가 시골 풍경보다 나를 더 좋아한다는 사실에 으쓱했다. 왜냐하면 우리는 산책 풍경에 대해서는 아직까지 아무런 얘기도 하지 않았기 때문이다. 이따금 그녀 부모님이 그녀를 불러 이렇게 말하곤 했다. "저것 봐, 마르트, 네 오른 쪽 말이다. 쉐느비예르 언덕은 참 아름다워." 혹은 그녀 남동 생이 다가와서 그녀에게 자기가 방금 딴 꽃의 이름을 묻기도 했다. 그러면 그녀는 그들이 화내지 않을 정도로 약간 주의를 기울여 줄 뿐이었다.

우리는 오르므송 초원에 앉았다. 나는 너무도 극단적으로 서두른 것을 순진한 마음에서 후회했다. "감상적이지 않고 한 층 자연스럽게 대화해서 마르트를 현혹할 수 있을 테고, 그 마을의 과거 내력을 말해 줌으로써 그녀 부모의 호감을 살 수 있을 텐데."하고 나는 생각했다. 그러나 그런 말을 하는 것은 그만두었다. 그러는 데는 그 나름대로 매우 깊은 이유가 있다고 생각했다. 또 한편 지금까지 우리들 사이에 생긴 모든 대화로 봐서 우리들 공통의 불안과 전혀 무관한 이야기를 하면 오직 매력을 해칠 뿐이라고 생각했기 때문이다. 나는 중대한 일이 일어났다고 생각했다. 게다가 그것은 진실이었다. 다만 나는 뒤에 가서야 그것을 알게 되었다. 왜냐하면 마르트는 우리들 의 대화를 나와 같은 방향으로 변질시켰기 때문이다. 그러나 그것을 알아차릴 수 없었던 나는, 그녀에게 의미심장한 이야기를 해 줘 버리고 만 것이라고 생각했다. 무감각한 사람에게 사랑을 고백했다고 생각했던 것이다. 내가 자기네 딸에게 해 준 모든 말은 그랑지에 씨 부부가 아무 불편 없이 들을 수 있는 것이었다는 사실을 나는 잊고 있었다. 그러나 내가 과연 그들 앞에서 그런 고백 같은 이야기를 그녀에게 할 수 있었을까?

'나는 마르트를 무서워하지 않아.' 하고 나는 되뇌었다. 따라서 그녀 목에 몸을 기울이고 키스하는 데 장애가 되는 것은 그녀 양친과 나의 아버지뿐인 셈이었다.

내 마음속 깊은 곳에서 또 하나의 소년이 그 방해자들이 있는 것을 기뻐하고 있었다. 내 마음속 소년은 이렇게 생각했다.

'그녀와 단둘만 있지 않게 된 것이 참 다행이야! 왜냐하면 그녀에게 키스도 못 할 거고, 아무런 변명도 못 할 거니까 말이야.'

소심한 자는 그렇게 속임수를 쓰는 것이다.

우리는 쉬시 역에서 기차를 다시 타게 되었다. 기차가 오려면 적어도 삼십 분은 기다려야 했기 때문에 우리들은 카페 테라스에 앉았다. 나는 그랑지에 부인의 칭찬을 참고 들어야 했다. 그 칭찬은 오히려 나에게 모욕을 준 셈이었다. 그들은 내가 아직 중학생에 불과하다는 것과, 자기네 딸은 일 년 후에 바칼로레아 시험을 볼 것이라는 사실을 일깨워 주었다. 마르트는 석류 주스를 마시겠다고 했다. 나도 역시 그것을 주문했다. 그날 아침까지도 석류 주스를 마시면 내 체면이 손상된다고 나는 생각했을 것이다. 나의 아버지는 이해할 수가 없었다. 아버지는 늘 내게 아페리티프[10]를 마시도록 했던 것이다. 내가 얌전 빼는 꼴을 보고 아버지가 농담을 할까 봐 나는 겁이 나서 떨었다. 기어코 아버지는 농담을 했다. 그러나 내가 그녀처럼 하기 위해 석류 주스를 마신다는 것을 마르트가 알아채지 못할 말로 나를 놀려 댔던 것이다.

F에 다다르자 우리는 그랑지에 가족에게 작별인사를 했다. 나는 마르트에게 《르 모》 신문 철과 『지옥에서의 한 계절』[11]을 다음 목요일에 갖다주겠다고 약속했다.

"내 약혼자 마음에 들 또 하나의 제목이군요!" 하고 그녀는 웃어 댔다.

"이봐, 마르트!" 하고 그녀의 어머니는 눈살을 찌푸렸다. 그런 반항적 행동은 언제나 그녀 어머니 눈에 거슬리는 것이었다.

나의 아버지와 동생들은 싫증을 내고 있었다. 무슨 상관이랴! 행복이란 이기적인 것이다.

<hr>

10) 식사 전에 마시는 술.
11) 19세기 프랑스 작가 랭보의 산문시집이다.

다음 날 리세에서, 모든것을 이야기해 주던 나는 여느 때와는 달리, 르네에게 일요일에 있었던 일을 이야기해 줄 필요성을 느끼지 않았다. 또한 나는 마르트에게 몰래 키스하지 못한데 대한 그의 비웃음을 견딜 기질이 아니었다. 나를 놀라게 한또 하나의 사실은, 그날 르네가 다른 급우들과 별로 다를 것이없어 보였다는 것이다.

마르트에게 사랑을 품게 되자 르네를 비롯하여 나의 부모, 누이들에 대한 애정도 식어 버렸다.

나는 우리가 만나기로 약속한 날이 되기 전에 그녀를 보러가지 않겠다고 굳게 결심하고 있었다. 그러나 화요일 저녁이되자 더 버티지를 못하고, 저녁을 먹은 후 책과 신문을 갖다 준다는 좋은 구실을 찾아냈던 것이다. 나는 그 초조함 속에서 마르트가 내 사랑의 증거를 발견할 것이고, 만일 그녀가 그것을 못 본 체한다면 무리하게라도 보도록 할 수 있다고 생각했던 것이다.

십오 분 동안 나는 미치광이처럼 그녀 집까지 뛰어갔다. 그곳에 다다르자 그녀가 식사를 하는 데 방해가 될까 봐, 땀에 흠뻑 젖은 채 철책 앞에서 십 분 동안 기다렸다. 그동안 내 심장 고동이 가라앉으리라고 생각했다. 그러나 반대로 고동은 더욱 심해졌다. 나는 그대로 돌아가 버릴까도 생각했다. 그러나 몇 분 전부터 이웃집 창가에서 한 여인이 이상하다는 듯 나를 바라보고 있었으며, 내가 문 앞에 숨어서 무엇을 하는가 알고 싶어 하는 듯했다. 그녀는 나로 하여금 결단을 내리게 했다. 마침내 나는 초인종을 누르고 집 안으로 들어갔다. 나는 하녀에게 주인 마님이 계시느냐고 물었다. 이내 그랑지에 부인이 내가 기다리던 자그마한 방에 나타났다. 내가 편의상 '마님'을 찾았고 실은 아가씨를 보고자 한다는 것을 하녀가 알아차려 줬어야만 했다는 듯 나는 소스라쳐 놀랐다. 마치 새벽 1시에나 온 듯 얼굴을 붉히며 나는 그랑지에 부인에게 이런 시각에 찾아와 죄송하다고 사과했다. 그리고 이어서 목요일에 올 수 없기 때문에 지금 책과 신문을 따님에게 가져왔노라고 말했다.

"잘됐어요. 마르트도 그날 당신을 만날 수가 없을 테니까요. 그 애 약혼자는 예정보다 보름이나 빨리 휴가를 얻었어요. 그래서 어제 그가 왔어요. 오늘 저녁 마르트는 앞으로 시댁이 될 집으로 저녁을 먹으러 갔어요." 하고 그랑지에 부인은 말했다.

그래서 나는 그 길로 돌아와 버렸다. 그리고 그녀를 만나 볼 기회가 이젠 없으니, 더 이상 그녀를 마음에 두지 않아야겠다고 생각했다. 그러나 그 결심 자체가 한층 더 그녀에 대해 생각하게 했다.

그 후 한 달이 지난 어느 날 아침이었다. 바스티유 역에서 기차로부터 뛰어내리던 나는 마르트가 다른 찻간에서 내리는 것을 보았던 것이다. 그녀는 자기 결혼 준비를 위해 여러 가지 물건을 사러 가는 길이었다. 나는 앙리 4세 리세까지 동행하자고 그녀에게 청했다.

"어머나, 내년에 5학년이 되면 우리 시아버지의 지리 수업을 들으시겠네요." 하고 그녀는 말했다.

마치 내 또래에겐 다른 할 말이 없는 듯 그녀가 공부에 관하여 말하는 데에 나는 화가 났다. 그래서 그렇게 되면 꽤 재미있겠네요라고 거칠게 대답했다.

그녀는 눈살을 찌푸렸다. 그러자 그녀의 어머니가 생각났다.

우리는 앙리 4세 리세에 닿았다. 그러나 상처를 준 것 같은 그러한 말을 한 채 그대로 헤어지기 싫어서 미술 시간이 끝나는 한 시간 후에 학교에 가기로 결심했다. 그 결심에 대해서 마르트는 나에게 분별 있는 말을 하거나 아무런 비난도 하지 않을 뿐만 아니라 오히려 실은 아무것도 아닌 내 희생을 고맙게 여기는 듯해서 나는 기뻤다. 게다가 그녀는 나에게 물건을 사러 가자고 하질 않고, 내가 그녀에게 시간을 내주었듯, 그녀도 나를 위해 시간을 내주겠다는 것이었다. 나는 그것을 고맙게 생각했다.

우리는 이제 뤽상부르 공원에 와 있었다. 상원 의사당 시계가 9시를 알렸다. 나는 학교에 가는 것을 포기해 버렸다. 기적적으로 내 주머니 속엔 중학생이나 고등학생이 보통 이 년 동안 쓸 수 있는 것보다도 더 많은 돈이 있었다. 그 전날 샹젤리제의 기뇰 인형 극장 뒤에 있는 우표 시장에 가서 내 진귀한 우표 몇 장을 팔았던 것이다.

이야기 중에 마르트가 자기는 시댁에 가서 점심을 먹기로 했다고 알려 주었다. 그러자 나는 그녀가 나와 함께 남기로 결심하게 하리라고 마음먹었다. 시계가 9시 30분을 알리자, 마르트는 소스라쳐 놀랐다. 그녀는 자기 때문에 누군가가 하루 종일 학교 공부를 집어치우는 것 같은 일엔 아직 익숙하지 못했기 때문이다. 그러나 내가 여전히 철 의자에 꿈쩍 않고 앉아 있는 것을 보고선, 내가 이 시각에 앙리 4세 교실 걸상에 앉아 있어야 한다고 나를 일깨워 줄 만한 용기는 그녀에게 없었다.

우리는 움직이지 않고 그대로 머물러 있었다. 행복이란 그러한 것이 틀림없는 것이리라. 개 한 마리가 연못에서 뛰어나와 몸을 흔들었다. 마르트는 마치 낮잠을 자고 난 다음, 아직도 졸음이 가시지 않은 얼굴로 꿈을 떨쳐 버리려는 사람처럼 벌떡 일어났다. 그녀는 체조를 하는 것같이 두 팔을 벌렸다. 나는 그것이 우리의 결합에 좋은 징조는 아니라고 생각했다.

"이 의자들은 너무 딱딱하네요." 하고 그녀는 일어서는 것을 변명이나 하듯이 말했다. 그녀는 엷은 비단옷을 입고 있었는데, 깔고 앉았던 부분이 구겨져 있었다. 그녀가 앉았던 의자의 망으로 된 밑받침이 그녀 살에 새겨 놨을 자국들을 나는 머 릿속에 그려 보지 않을 수 없었다.

"자 그럼, 학교엔 안 가기로 결정했으니 나하고 상점에나 함께 가죠." 하고 그녀는 내가 자기 때문에 학교 가는 일을 마 다했다는 것을 처음으로 암시하는 것이었다. 나는 여러 여성 용 내의 상점을 그녀와 함께 들렀다. 그녀 마음엔 들지만 내 맘에는 들지 않는 것들을 주문하지 못하게 하면서 말이다. 예 를 들면 분홍빛 옷 같은 것들을 못 사게 했다. 분홍은 그녀가 좋아하는 색깔이었지만, 나에게는 짜증나게 하는 것이었다.

그러한 첫 승리를 거둔 다음, 나는 그녀가 자기 시댁에 가서 점심 먹는 것을 포기하도록 그녀를 설득하지 않으면 안 되었 다. 그러나 나와 함께 있다는 단순한 즐거움을 위해서 그녀가 자기 시집 식구들을 속일 것이라고는 믿어지지 않았다. 그래 서 나는 내가 학교를 빼먹은 일에 그녀가 휩쓸리게 할 방안을 궁리했다. 그녀는 미국 스타일 바에 큰 호기심을 품고 있었다. 그녀는 감히 자기 약혼자에게 그곳에 가 보자는 말을 못 했다 는 것이다. 게다가 그 사람은 '바'라는 곳을 몰랐던 것이다. 나 는 그것을 구실로 삼았다. 그녀는 내 제의를 거절했으나, 그 거절에는 아쉬움이 섞인 진짜 실망이 깃들어 있었기 때문에 그녀가 나를 따라오리라고 나는 생각했다. 거의 삼십 분 동안 이나 그녀를 설득하려고 온갖 소리를 다한 끝에, 이젠 더 이상 우겨 대지도 않고 마르트와 함께 묵묵히 그녀 시댁을 향했지 만, 내 정신 상태는 마치 형장으로 끌려가는 중 어떤 기적이라 도 일어나기를 최후의 순간까지 바라는 사형수와 같았다. 아무 일도 일어나지 않고 목표의 거리가 가까워 오고 있는 것이 보였다. 그런데 갑자기 마르트는 우체국 앞에서 택시 창문을 두드리며, 기사에게 차를 멈추게 했다.

그녀는 나에게 이렇게 말했다.

"잠깐만 기다려요. 시어머니에게 전화를 걸어, 내가 너무 먼 데에 와 있으니까 점심시간에 맞춰 갈 수 없다고 말해야겠어요."

몇 분이 지나자 나는 더 이상 초조함을 견딜 수가 없었는데, 마침 꽃을 파는 여인이 눈에 띄었다. 그래서 나는 붉은 장미 꽃을 한 송이 한 송이 골라 묶어 달라고 했다. 그 꽃을 받고 마르트가 즐거워할 거라는 생각보다는, 꽃을 어디서 얻었는가를 자기 부모에게 변명하기 위해서 그녀가 오늘 저녁에 또 한 번 거짓말을 해야만 한다는 생각을 했다. 우리가 처음 만났을 때 미술 학교에 가기로 한 우리 계획, 오늘 저녁 자기 부모에게 되풀이할 전화로 한 거짓말, 그것엔 필경 장미꽃에 대한 거짓말도 덧붙여질 것이다. 그러한 것들은 내게 키스보다도 더욱 감미로운 사랑의 표시가 되었다. 나는 별다른 즐거움 없이 어린 여자애들에게 자주 키스를 해 온 터라, 마르트와의 키스를 그다지 갈망하지 않았기 때문이다. 물론 내가 그 여자애들을 사랑하지 않았기 때문에 그렇다는 것을 깜박 잊었지만 말이다. 한편 그처럼 둘이서 공범이 되는 것은 그날까지 내가 경험해 본 일이 없었다.

마르트는 처음으로 거짓말을 한 다음에 얼굴이 환해져서 우체국에서 나왔다. 나는 운전기사에게 도누 거리에 있는 바의 주소를 알려 주었다.

그녀는 마치 기숙사에서 나온 여학생처럼, 바텐더의 흰 제복, 은 셰이커들을 흔드는 그 우아한 자세, 갖가지 칵테일들의 이상하고도 시적인 이름 등에 황홀해했다. 그녀는 이따금 붉은 장미의 냄새를 맡아 보곤 했다. 그녀는 그 꽃을 보고 수채화를 한 장 그려서 그날 기념으로 나에게 주겠다고 약속했다. 나는 그녀에게 약혼자 사진을 보여 달라고 했다. 나는 그가 잘생겼다고 생각했다. 내 의견을 그녀가 얼마나 존중하는가를 이미 알고 있었던 나는 한층 더 과장해서 그가 굉장히 잘생겼다는 말까지 했지만, 어디까지나 인사치레라는 것을 그녀가 알아채도록 확신에 차지 않은 어조였다. 내 생각으론 그렇게 하는 것이 마르트의 정신에 혼란을 일으키고, 나아가서는 그녀가 틀림없이 내게 고마워할 거라고 생각했기 때문이다.

그러나 오후가 되자, 그녀의 여행 동기를 생각해야 했다. 그녀의 약혼자는 자기의 취미를 잘 아는 그녀에게 가구 선택하는 일을 온통 맡겨 버렸던 것이다. 그러나 그녀의 어머니는 기어코 그녀를 따라오고자 했다. 마르트는 결국 터무니없는 짓은 하지 않겠다는 약속을 하고 나서 혼자 오는 것을 허락받았던 것이다. 그날 그녀는 자기네 침실에 놓을 가구 몇 개를 선택할 참이었다. 마르트가 무슨 말을 해도 극도의 즐거움이라든가 불쾌함을 드러내지 않기로 비록 자신에게 다짐했지만, 잔잔한 발걸음으로 큰길을 계속 걷는 데에는 굉장한 노력이 필요했다. 내 고동치는 심장 박동은 이젠 그 차분한 발걸음과 일치하지 않았기 때문이다.

이렇게 마르트를 동반해야만 한다는 것은 하나의 불운처럼 느껴졌다. 그녀와 다른 남자를 위한 방을 꾸미는 데 그녀를 도와주지 않으면 안 되다니! 그러나 이어 나는 마르트와 나를 위한 방을 꾸미자는 생각이 어렴풋이 났던 것이다.

나는 어찌나 빨리 그녀의 약혼자를 잊어버렸던지, 만일 십오 분쯤 걷고 난 다음, 앞으로 꾸밀 방에서 그녀 곁에 잘 사람이 나 아닌 다른 남자라는 것을 누군가 일깨워 줬다면 깜짝 놀랐을 것이다.

그녀의 약혼자는 루이 15세 시대 양식을 따른 가구들을 좋아했다.

그러나 마르트의 고약한 취미는 그와는 달랐다. 그녀는 오히려 일본 것에 쏠렸다. 그래서 나는 양쪽의 취미와 싸우지 않으면 안 되었다. 그것은 누가 먼저 재빠르게 손을 써서 기선을 잡는가 하는 승부였다. 마르트가 한 마디라도 하면, 그녀를 이끄는 것이 무엇인가를 알아채 정반대 것을 권해야 했던 것이다. 그러나 그건 꼭 내 맘에 들지도 않았고 다만 그녀의 눈을 어지럽게 하지 않는 다른 가구의 경우 내가 고른 가구 하나를 포기하여 그녀가 제멋대로 구는 것에 양보한다는 인상을 주기 위해서였다.

그녀는 "그이는 장밋빛 방을 원했는데." 하고 중얼거렸다. 이젠 감히 자기 취미를 나에게 말하지도 못하고, 자기 약혼자 취미로 돌리는 것이었다. 며칠이 지나면 우리가 그 취미를 함께 비웃으리라는 것을 나는 간파했다.

그러나 나는 그녀의 그 약한 마음을 이해할 수가 없었다. '그녀가 나를 사랑하지 않는다면 무슨 이유로 자기가 좋아하는 걸, 나아가선 그 청년이 좋아하는 걸, 내가 좋아하는 것을 위해 희생하면서까지 나에게 양보하는 걸까?' 하고 나는 생각했다. 그러나 나는 아무런 이유도 발견하지 못했다. 아무리 더없는 겸손한 이유를 댄다 해도 마르트가 나를 사랑한다는 것으로밖에 생각되지 않았다. 그러나 나는 그 반대를 확신했다.

마르트는 나에게 "최소한 벽포(壁布)만은 그이 뜻대로 장미색으로 해 주지요." 하고 말했다. "그이 뜻대로 해 주지요!"라는 말 한마디만으로 나는 마음먹었던 것을 포기하고 그녀가 하자는 대로 할 느낌이 들었다. 그러나 '장미색 직물을 사도록 놔둔다는 것'은 모든 것을 다 버리는 것과 같았다. 나는 그 장미색 벽이 '우리가 함께 고른' 소박한 가구들을 얼마나 망가뜨릴 것인가를 그녀에게 설명해 주었다. 그리고 그처럼 빈축을 살 일에서 한층 더 뒤로 물러서면서 그녀 방 벽에 회칠을 하라고 권했다!

그것은 최후의 일격이었다. 그녀는 하루 종일 몹시 들볶인 탓에 아무런 저항도 없이 내가 시키는 대로 하고 말았다. 그녀는 이렇게 말하는 것으로 만족했다.

"정말 당신 말이 옳아요."

피로한 그 하루를 보낸 후, 나는 그날 걸어 다닌 것에 대해 스스로 만족했다. 나는 가구 하나하나를 고르면서, 그 연애 결혼, 아니 일시적인 사랑에서 맺어지는 결혼을 이성적인 결혼으로 바꾸어 버리는 데 성공했으니 말이다. 그러나 이성적인 결혼이라니! 말도 안 된다. 각자 연애 결혼이 제공하는 이점들만을 상대방에게서 보고 있어, 이성(理性)이 차지할 자리가 거기엔 없으니까.

그날 저녁, 나와 헤어지면서 그녀는 앞으로 나의 조언을 피하려 들기는커녕, 다음에 다른 가구들을 고를 때도 자기를 도와 달라고 나에게 간청하는 것이었다. 그렇게 하겠다고 나는 약속했다. 그러나 자기 약혼자에게 그 사실을 결코 이야기하지 않겠다고 나에게 맹세한다는 조건이었다. 요컨대 그가 그 가구를 받아들일 수 있게 하는 유일한 이유는, 만일 그 사람이 마르트를 사랑한다면, 그 모든 것이 마르트의 생각에서 나왔고, 앞으로 그들 두 사람의 의지가 될 그녀의 의지로 결정된 것이라는 생각이다.

집에 돌아왔을 때 나는 내가 학교를 빼 먹은 사실을 벌써 아는 듯한 기미를 아버지의 눈에서 읽는 듯했다. 물론 아버지는 아무것도 몰랐다. 어떻게 아버지가 알 수 있었겠는가?

"상관없어요! 자크는 그 방에 익숙해질 거예요." 하고 마르트는 말했다. 나는 잠자리에 들면서 혼자 되풀이했다. 그녀가 잠을 자기 전에 자기 결혼에 대하여 생각한다면, 오늘 저녁엔 이전과는 전혀 다르게 결혼을 생각할 것임에 틀림없으리라고. 나로 말하자면, 이 목가적인 사랑의 결과야 어떻게 되든 간에, 일찌감치 자크에 대한 복수를 멋지게 한 셈이다. 즉 나는 그 엄숙한 방, '나의' 방에서 보낼 그들의 신혼 밤을 생각하고 있었으니까!

다음 날 아침, 나는 내가 결석했다고 알리는 편지를 가지고 올 우편 배달부를 길목에서 기다렸다. 그는 편지를 나에게 줬다. 나는 다른 편지들은 우리 집 철책에 있는 우편함에 넣고, 그것은 내 주머니에 넣었다. 너무나 간단해서 항상 쓰는 방법이었던 것이다.

학교에 빠지는 것은 내가 마르트에게 반해 버렸다는 것을 뜻한다고 나는 생각했다. 그러나 나는 잘못 생각하고 있었다. 마르트는 내가 학교를 빼 먹는 구실에 불과했다. 그 증거로, 마르트와 함께 자유에 대한 매력을 맛보고 난 다음에는 그 자유를 혼자 맛보고 싶어 했으며, 나아가서는 추종자들을 만들고자 했던 것이다. 자유는 이내 나에게는 하나의 마약이 되었다.

학년 말이 다가왔다. 나는 차라리 퇴학당하고, 요컨대 한바탕의 비극으로 그 시기를 끝내기를 원했는데, 내 태만함이 아무런 벌도 받지 않고 끝나 가는 사태를, 공포심을 느끼며 지켜보고 있었다.

사람이 무엇 하나를 열망하게 되면 그것만을 생각하면서 살아가기 때문에, 자기 욕망이 지닌 죄악이라는 것도 이젠 깨닫지 못하게 되는 것이다. 물론 나는 아버지를 괴롭히려고 하지는 않았다. 하지만 나는 아버지를 아주 크게 괴롭힐 사건을 원했던 것이다. 학교 수업 시간은 늘 고통스러웠다. 마르트와 그 자유라는 것이 내게 공부라는 것을 견딜 수 없이 귀찮은 것으로 만들어 버렸다. 내가 르네를 전보다 덜 좋아하게 된 이유는, 단지 그가 무엇인가 학교 일을 내게 떠올리게 하기 때문이란 것을 나는 잘 알았다. 나는 괴로웠다. 그리고 이듬해 그 어리석은 급우들에게 되돌아가야 한다는 괴로운 생각은 나를 육체적으로 병들게까지 했던 것이다.

르네에겐 불행한 일이지만, 나는 너무나 잘, 그가 내 악덕을 나눠 갖도록 만들었던 것이다. 따라서 나보다 그리 능숙하지 못한 그가 앙리 4세 리세에서 퇴학당했다고 나에게 알렸을 때엔, 나 자신도 그렇게 되었으리라고 믿었던 것이다. 그 사실을 아버지에게 알려 줘야만 했다. 왜냐하면 훔쳐서 속여 넘기고 바꿔치기기엔 너무나 중대한 교감의 편지가 닿기 전에 그 사실을 나 자신이 아버지에게 말하는 편이 아버지를 만족스럽게 할 수 있으리라고 생각했기 때문이다.

그날은 수요일이었다. 휴일인 그다음 날, 나는 아버지가 파리로 떠날 때까지 기다렸다가 어머니에게 그 사실을 미리 알려 주었다. 어머니는 그 사실보다도 그 때문에 집안에 며칠 동안 소동이 일어나리라는 생각에 더 겁을 냈다. 그러고 난 다음, 나는 마른 강가로 갔다. 마르트가 어쩌면 그곳으로 나를 만나러 오겠다고 말했던 것이다. 그러나 그녀는 오지 않았다. 오히려 잘된 일이었다. 그녀와 만났다면 거기에서 사랑의 감정으로 고약한 용기를 얻어서는, 아버지와 투쟁을 벌였을지도 모를 일이었기 때문이다. 그러나 반면 공허하고 우울한 하루 뒤에 소나기가 휘몰아치듯, 그런 경우 누구나 그렇듯이 나는 얼굴을 푹 숙인 채 집으로 돌아왔다. 나는 아버지가 보통 집에 오는 시간보다 좀 뒤에 집으로 돌아왔다. 따라서 아버지는 모든 것을 '이미 알고 있었다.' 나는 정원에서 서성거리며 아버지가 나를 부르기를 기다렸다. 누이동생들은 조용히 놀고 있었다. 그 애들도 무엇인가를 알아채고 있었다. 한 동생이 그러한 험악한 공기에 꽤 흥분이 되어 가지고 와서, 아버지가 누워 있는 방으로 가라고 말했다.

아버지가 노한 높은 언성이라든가 위협 같은 것으로 나를 대했다면 나는 반항했을지도 모른다. 하지만 더 고약했다. 아버지는 아무 말도 하지 않았던 것이다. 그 후 얼마 있다가 아무런 노기도 없이 보통 때보다 더 부드러운 음성으로 나에게 이렇게 말했다.

"자아, 그러면, 이제부터 어떻게 할 작정이냐?"

내 두 눈으로 빠져나올 수 없었던 눈물은 마치 꿀벌 떼처럼 내 머릿속에서 윙윙거리며 맴돌고 있었다. 의지에 대해서라면, 비록 무력하다 해도 나는 나대로 내 의지를 내세워 대항했을 것이다. 그러나 그러한 다정함 앞에서는 복종할 수밖에 없었다.

"아버지가 시키는 대로 할게요."

"아니야, 또 속이지 마라. 나는 늘 네가 하고 싶은 대로 행동하도록 놔뒀어. 계속 그렇게 하렴. 아마도 너는 내가 그렇게 한 것을 후회하기를 몹시 바랄 거다."

아주 어릴 때엔, 여자들처럼 눈물이 모든 잘못을 보상할 수 있다고 믿는 경향이 지나치게 심하다. 하지만 아버지는 나에게 눈물을 바라지도 않았다. 아버지의 너그러움 앞에서 나는 현재나 마찬가지로 미래에 대해서도 부끄러울 뿐이었다. 왜냐하면 내가 아버지에게 무슨 말을 하든 그것이 거짓말이 되리라는 것을 스스로 알고 있었기 때문이다. '앞으로 새로운 고통거리가 될 때까지, 적으나마 그 거짓말이 아버지를 위로해 주었으면.' 하고 나는 생각했다.

아니, 그게 아니다. 오히려 나는 나 자신에게 또 거짓말을 하려고 했다. 사실상 내가 하고 싶어 했던 것은 산책 이상으로 피로하지 않은 공부를 하는 것이었다. 그리고 그것은 산책할 때처럼 머릿속에서 마르트와 한순간도 마음이 멀어지지 않아도 되는 자유를 나에게 주는 그러한 공부였다. 그래서 나는 그림을 공부하고 싶었는데, 감히 그 말을 일찍이 못 한 체했다. 아버지는 이번에도 아니라고 하지 않았는데, 학교에서 내가 배워야만 하는 것을 집에서 계속 공부한다는 조건에서였다. 물론 그림 그리는 자유와 함께.

서로의 관계가 아직 견고하지 않을 때엔, 상대를 잊는 데 약속을 한 번쯤 잊어버리는 것으로 충분하다. 마르트를 너무 많이 생각했기 때문에 오히려 나는 차츰차츰 그녀를 덜 생각하게 되었다. 나의 마음은 우리 눈이 벽지를 보고 움직이는 것과 마찬가지로 움직였던 것이다. 벽지를 너무 바라보면, 나중엔 그 벽지가 눈에 띄지 않는 법이다.

믿을 수 없는 일이었다! 나는 공부에 흥미를 느끼기까지 했다. 내가 걱정했듯이, 나는 거짓말을 하지 않은 셈이었다.

무엇인가 외부로부터 와서 마르트에 대하여 덜 느긋하게 생각하지 않으면 안 될 때면, 나는 잘될 수도 있었던 일에 대해 느끼는 저 우울함을 맛보며 애정을 빼고서 마르트를 생각하곤 했다. '턱도 없지! 그렇게 되었다면 그 이상 바랄 게 없겠지. 어쨌든 침대를 고르고 그 침대에서 잔다는 것은 동시에 할 수는 없는 일이야.' 하고 나는 혼자 생각했다.

아버지를 놀라게 하는 일이 일어났다. 교감으로부터 편지가 오지 않았던 것이다. 그 문제로, 아버지는 처음으로 나를 꾸짖었다. 아버지는 내가 그 편지를 빼 돌린 후, 그 소식을 그냥 나 스스로 아버지에게 알리는 체하면서 용서를 얻어 낸 것이라 믿었기 때문이다. 사실 그런 편지는 존재하지 않았다. 나는 학교에서 퇴학을 맞았다고 믿었으나, 틀렸던 것이다. 따라서 우리가 방학 초에 교장 선생님의 편지를 받았을 때, 아버지는 어떻게 된 것인지 영문을 몰랐다.

편지에서 교장은 내가 병으로 앓고 있는지, 그리고 다음 학년에 등록을 할 것인지를 물었던 것이다.

마침내 아버지에게 만족감을 줬다는 즐거움은 내가 느끼던 감정적인 허전함을 약간 메꾸어 주었다. 내가 공허함 속에 빠져 있었던 이유는, 이젠 마르트를 사랑하지 않는다고 생각했지만 적어도 내 사랑을 받을 만한 유일한 사람은 마르트뿐이라 여겼기 때문이다. 말하자면 나는 여전히 그녀를 사랑했던 것이다.

그러한 심리 상태에 빠져 있던 11월 그믐날, 그녀의 청첩장을 받은 한 달 후, 집에 돌아오니 마르트로부터 초대장이 와 있었다. 그 초대장은 이런 문구로 시작되었다. "왜 소식이 없는지 이해할 수 없어요. 왜 나를 보러 오지 않지요? 아마 당신이 내 가구들을 선택했다는 사실을 잊으신 모양이군요⋯⋯?"

마르트는 J에서 살았다. 그녀가 사는 거리는 마른 강까지 이어졌다. 인도 양편에는 기껏해야 열두엇밖에 안 되는 별장들이 모여 있었다. 마르트의 별장이 몹시 큰 것을 보고 나는 놀랐다. 사실 마르트는 위층에서만 살았다. 아래층은 집주인 가족과 한 노부부가 나누어 살고 있었던 것이다.

간식이나 함께 들려고 내가 그곳에 도착했을 때엔 벌써 날이 저물어 있었다. 오직 유리창 하나만이 인적 대신 불빛을 밖으로 비추고 있었다. 파도처럼 출렁이는 불꽃에 밝아진 그 창문을 보니, 불이 나기 시작한 것이 아닌가 싶었다. 철제 대문이 반쯤 열려 있었다. 그렇게 소홀한 처사에 나는 깜짝 놀랐다. 나는 초인종을 찾았다. 그러나 찾을 수가 없었다. 마침내 현관 앞 층계를 셋이나 올라가 아래층 오른쪽 창문을 두드리기로 결심했다. 그 유리창 안쪽에서 목소리가 들려왔기 때문이다. 늙은 부인이 문을 열었다. 그래서 라콩브 부인(마르트의 새로운 이름이었다.)이 어디 사느냐고 물었다. 부인은 "위층에요." 하고 대답해 주었다. 나는 비틀거리며, 또 부딪히기도 하면서 무슨 불행한 일이라도 일어났을까 봐 극도로 긴장해서 캄캄한 층계를 올라갔다. 나는 문을 두드렸다. 문을 연 사람은 바로 마르트였다. 난파한 배에서 간신히 빠져나온 후, 서로 알 듯 모를 듯한 사람들이 그러듯 나는 그녀의 목을 껴안을 뻔했다. 내가 만약 그랬더라면 그녀는 영문을 몰랐을 것이다. 아마도 그녀는 내가 정신이 나갔다고 생각했을 것임에 틀림없다. 왜냐하면 무엇보다도 나는 그녀에게 "웬 불길이 타고 있는 것인가."를 물어보았기 때문이다.

"당신을 기다리면서 응접실에 있는 벽난로에다 올리브 나무로 불을 지펴 놓고, 그 불빛에 책을 읽고 있었으니까요."

응접실로 쓰이는 조그만 방, 가구라고는 별로 없었으나, 짐승 털처럼 부드럽고 두터운 양탄자 때문에 마치 상자 같은 인상을 풍기는 그 협소한 곳으로 들어서자, 자기의 희곡이 상연되는 것을 보고서 너무나 뒤늦게 여러 결점을 발견하는 극작가처럼 나는 기쁘기도 했으며, 동시에 우울하기도 했다.

마르트는 벽난로 앞으로 가 길게 누워서는 불등걸을 쑤셔 지피고는 타다 남은 나뭇조각 몇 개가 재와 뒤섞이지 않도록 했다.

"당신은 올리브 나무 냄새를 좋아하지 않나 봐요? 우리 시부모님이 남프랑스 사유지에서 장만해 나에게 보내도록 한 거예요."

마르트는 나 자신의 작품인 그 방에서 자기가 만들어 놓은 자질구레한 것에 대해 사과하는 것 같았다. 그녀에겐 그 요소가 잘 알 수 없는 전체적인 통일성을 아마도 파괴하는 것처럼 여겨졌던 모양이다.

그러나 오히려 반대였다. 그 불은 나를 즐겁게 해 주었다. 그리고 또한 그녀가 나처럼 몸 한쪽이 뜨거워지기를 기다렸다가 다른 한쪽으로 몸을 돌리는 걸 보는 것 또한 즐거웠다. 그녀의 조용하고 진지한 얼굴이 원시적인 불빛 속에서보다 더 아름답게 보인 적은 일찍이 없었다. 방 안에 불빛이 퍼지지 않고, 그 불은 한쪽에서 활활 타고 있었다. 따라서 그 불빛에서 떨어지면 이내 깜깜해져서 가구에 몸을 부딪힐 지경이었다.

마르트는 짓궂게 시시덕거린다는 것이 무엇인지를 몰랐다. 그녀는 즐거움 속에서도 진지함을 지니고 있었다.

그녀 곁에 있는 동안, 내 정신은 차츰차츰 마비되었다. 그녀가 지금까지와는 다른 사람으로 보였다. 이젠 그녀를 더 이상 사랑하지 않는다고 확신하는 지금에 와서, 나는 그녀를 사랑하기 시작했기 때문이다. 계산이라든가 음모라든가 그때까지, 나아가서는 그 순간까지도 그것 없이는 사랑이 이루어질 수 없다고 믿었던 모든 것들을 이젠 더 이상 할 수 없다는 사실을 느꼈던 것이다. 별안간 나는 한층 훌륭한 사람이 된 것처럼 느껴졌다. 다른 사람이었다면 그런 갑작스러운 변화에 눈을 떴을 것이다. 하지만 나는 내가 마르트에게 반했다는 사실을 알지 못했다. 오히려 나는 그 변화에서 내 사랑은 식어 가고 일종의 아름다운 우정이 그것을 대체하리라는 증거를 보았던 것이다. 그 우정이 앞으로 길게 이어질 것으로 생각되자 느닷없이, 그 우정 외의 감정이란 얼마나 죄악인가 그리고 그 감정은 그녀를 사랑하며, 또 그녀의 주인임에 틀림없지만 그녀를 만나지 못하는 한 사나이에게 얼마나 상처를 주는가를 내가 인정하지 않을 수 없게 했다.

그러나 내 진정한 감정을 알려 주는 다른 무엇이 있었을 것임에 틀림없다. 몇 개월 전 처음으로 마르트를 만났을 때 그녀를 사랑한다고 자처하면서도 그 사랑은, 내가 그녀를 비판하고 그녀가 아름답다고 여기는 것 대부분을 추하게 보며 그녀의 말 대부분을 유치하다고 생각하는 것을 막지 못했다. 그러나 이제는 내 생각과 그녀의 생각이 일치하지 않자 내 생각이 그르다고 여기게 된 것이다. 처음엔 야비한 욕망이 나를 속이고 있었지만, 이번에는 좀 더 깊고 부드러운 감정이 바로 나를 속이고 있었던 것이다. 내가 해내겠다고 스스로에게 다짐한 것을 이젠 전혀 할 자신이 없다는 사실을 알게 된 것이다. 나는 마르트를 존경하기 시작했다. 왜냐하면 그녀를 사랑하기 시작했기 때문이다.

나는 매일 저녁 마르트를 방문했다. 나는 그녀에게 침실을 보여 달라는 청을 할 생각조차 안 했으며, 더구나 자크가 우리들이 고른 가구들을 어떻게 생각하는가를 물을 생각도 못 했다. 서로 몸을 대고서 벽난로 가까이에서 길게 몸을 뻗고 누워 있는 그 영원한 약혼 외 다른 것을 나는 바라지도 않았다. 그리고 나는 단 한 번의 몸짓으로도 충분히 그 행복을 쫓아 버릴 수 있으리라는 두려움 때문에 감히 움직이지도 못했다.

하지만 마르트도 그와 똑같은 매혹을 음미하고 있었으나, 그녀는 자기 혼자만 그것을 즐긴다고 생각했다. 그녀는 내가 행복한 안일함에 빠져 있는 것을 냉담함으로 오해했던 것이다. 내가 자기를 사랑하지 않는다고 생각한 그녀는, 그녀에게 집착할 수 있도록 무엇인가 하지 않는다면, 내가 그 조용한 응접실에 이내 진력을 낼 거라고 생각했던 것이다.

우리는 아무 말도 하지 않았다. 거기에서 나는 행복의 한 증거를 보았던 것이다.

나는 내가 마르트와 아주 가까이 있다고 느꼈고, 우리는 똑같은 것을 동시에 생각한다고 굳게 믿었기 때문에 그녀에게 말을 한다는 것은 혼자 있을 때 크게 떠드는 것처럼 이치에 닿지 않는다고 여겼을 것이다. 그러나 그러한 침묵은 그 불쌍한 아가씨를 몹시 괴롭혔다. 내가 할 수 있는 현명한 일이란, 말이나 몸짓 같은 거친 교감(交感) 방법을 쓰는 것이었을 것이다. 그보다 한층 섬세한 방법이 없다는 것을 개탄하면서 말이다.

내가 매일 그 감미로운 침묵 상태에 한층 더 빠져 들어가는 것을 보고, 마르트는 내가 자기에게 점점 권태를 느끼는 것이라고 생각했다. 그녀는 내 마음을 풀어 주기 위해서 무엇이든지 할 각오였다.

그녀는 머리를 풀어헤치고 불 곁에서 자는 것을 좋아했다. 아니, 그것보다는 그녀가 자고 있다고 나는 생각했다. 그녀의 잠은 내 목을 두 팔로 감고, 자다가 깨면 눈물 어린 눈으로 방금 슬픈 꿈을 꿨다고 말하기 위한 구실이었다. 그녀는 그 꿈 이야기를 결코 내게 말하려고 하지는 않았다.

나는 그녀의 거짓 잠을 이용해 그녀의 머리, 목, 타는 듯한 두 볼 등의 향기를 들이마셨는데, 그녀가 깨지 않도록 하기 위해 내가 냄새 맡는 부분들을 가볍게 스치게 했다. 그러한 모든 애무는 사람들이 생각하듯 사랑의 잔돈푼이 아니라, 그와 반대로 아주 진귀한 화폐였던 것이다. 그리고 오직 정열만이 쓸 수 있는 그러한 화폐였다. 나는 내 우정에도 그런 애무는 허용되었다고 믿었던 것이다. 그렇지만 오직 사랑만이 여자들에 대한 권리를 우리에게 부여한다는 사실에 나는 정말로 절망하기 시작했다. 사랑 없이 지낼 수 있다고는 생각했지만, 마르트에 대한 아무런 권리 없이는 결코 지낼 수 없으리라 생각되었던 것이다. 그래서 그러한 권리를 누리기 위해, 개탄스럽다고 여기면서도, 사랑을 하기로 결심까지 했다. 나는 마르트를 갈망했는데, 그 사실을 이해하지를 못했던 것이다.

그녀가 내 한쪽 팔에 머리를 기대고 잠잘 때, 나는 몸을 그녀에게 수그리고 불빛에 휩싸인 그녀 얼굴을 들여다보곤 했다. 그것은 불장난이었다. 어느 날, 비록 내 얼굴을 그녀 얼굴에 바싹 대진 않았으나 너무 지나치게 가까이 했던 것이다. 출입 금지 지역으로부터 겨우 1밀리미터만큼 넘어서까지 접근하자 나는 마치 자석에 붙어 버린 바늘 같은 신세가 되고 말았다. 그것은 자석의 죄인가 바늘의 죄인가? 나는 그녀 입술에 포개진 내 입술을 느꼈던 것이다. 그녀는 여전히 눈을 감고 있었으나 자지 않는 것은 역력했다. 나는 그녀에게 키스를 하고는 내 대담함에 깜짝 놀랐지만, 내가 그녀 얼굴에 다가가자 내 얼굴을 잡아끌어 자기 입술에다 댄 것은 사실 바로 그녀였다. 그녀의 두 손은 내 목에 붙어 매달려 있었다. 배가 난파된 경우라도 그처럼 미친 듯이 매달리지는 않았으리라. 그리고 그녀는 내가 자기를 구하기를 원하는지, 또는 내가 자기와 함께 물에 빠져 죽기를 원하는지 알 수가 없었다.

이제 그녀는 일어나 앉아 있었다. 그녀는 자기 두 무릎 위에 놓인 내 머리를 잡고 머리칼을 쓰다듬으면서 부드러운 목소리로 이렇게 되풀이하는 것이었다. "당신은 가야 돼. 이제 또 와선 절대로 안 돼." 나는 그녀에게 말을 놓을 수가 없었다. 그래서 더 이상 입을 다물고 있을 수 없게 되었을 때엔, 그녀에게 직접적으로 말하지 않기 위해 오랫동안 다른 말귀를 꾸며야 했던 것이다. 왜냐하면 내가 그녀에게 말을 놓을 수는 없었지만, 그렇다고 말을 높이는 것은 훨씬 더 어렵다는 것을 느꼈기 때문이다. 내 뺨은 내 눈물로 뜨거워졌다. 그 눈물방울이 마르트의 손 위에 떨어지면 그녀가 소리를 지를 것이라고 나는 끊임없이 생각했다. 키스를 한 사람은 바로 그녀였다는 사실을 잊어버리고선, 내 입술을 그녀 입술에다 포개어 놓은 것은 실로 바보 같은 짓이었다고 혼자 생각하면서, 모처럼의 기쁨을 망가뜨린 것을 자책했다. "당신은 가야 돼. 이제 또 와선 절대로 안 돼." 내 분노의 눈물에 고통의 눈물이 뒤섞였다. 그처럼 덫에 걸린 이리의 분노는 덫 못지않게 이리 자신을 괴롭히는 격이 되었다. 내가 무슨 이야기를 했다면 마르트를 욕하는 말이었을 것이다. 내 침묵에 그녀는 불안해했다. 그녀는 내 침묵에서 체념을 보았기 때문이다. '이미 늦었으니 어쩔수 없지, 어떻든 그가 괴로워해도 할 수 없지.' 하고, 난 그래선 안되지만, 그녀가 그렇게 생각하도록 상상해 보았는데, 아마 그것은 옳지 못하지만 통찰력 있는 생각이었는지도 모른다. 나는 그렇게 불이 타고 있는 데서, 이를 마주치며 와들와들 떨고 있었다. 소년 시절을 벗어나는 데에서 생기는 진짜 괴로움에 어린애 같은 감정이 덧붙었던 것이다. 나는 마지막 대단원이 마음에 들지 않기 때문에 가려고 하지 않고 머뭇거리는 관객과 같았다. 나는 그녀에게 이렇게 말했다. "나는 가지 않겠어. 당신은 나를 조롱했어. 이젠 당신을 보기 싫어요."

나는 부모 집에 돌아가는 것이 싫었지만, 마르트를 다시 보

는 것 또한 싫었다. 차라리 그녀를 그녀의 집 밖으로 내쫓고
싶었다!

그러나 그녀는 흐느껴 울면서 나에게 이렇게 말하는 것이
었다. "당신은 어린애야. 그러니까 내가 당신에게 가 달라고
하는 것이 당신을 사랑하기 때문이라는 것을 모르지."

나는 증오심을 품고, 그녀에게는 아내라는 의무가 있고, 그
녀의 남편이 전쟁터에 가 있다는 것을 잘 안다고 말했다.

그녀는 부인하듯 고개를 흔들었다. "당신을 만나기 전엔 난
행복했어. 약혼자를 사랑한다고 믿었지. 그이가 나를 이해해
주질 못해도 난 그이를 용서해 주곤 했어. 그런데 내가 그이를
사랑하지 않는다는 것을 바로 당신이 나에게 가르쳐 준 거야.
나의 의무는 당신이 생각하는 것과 달라. 그것은 내 남편을 속
이지 않는 일이 아니라, 당신을 속이지 않는 일이지. 자, 가요.
그리고 나를 나쁜 여자라고 생각하지는 말아요. 당신은 나를
곧 잊어버리고 말 거야. 하지만 난 당신 인생에 불행을 초래하
고 싶진 않아. 내가 울고 있지? 난 당신에겐 너무나 나이 든 할
머니이기 때문이야!"

이 사랑의 말들은 어린애 같은 짓 속에서도 숭고함이 있다.
그리고 그 후 내가 겪을 정열이 어떤 것이든 간에, 열아홉 살 소
녀가 자기는 너무 나이 든 할머니라고 우는 것을 보는 그러한
홀딱 반할 감동을 앞으로는 두 번 다시 겪어 보지 못하리라.

첫 키스의 맛은 처음으로 맛보는 과일처럼 나를 실망시켰

다. 가장 큰 즐거움은 새로운 것 속에서가 아니라, 늘 하는 일에서 찾을 수 있다. 몇 분 후에 나는 마르트의 입술에 익숙해졌을 뿐 아니라, 나아가서는 그녀 입술 없이는 못 견디게 되었다. 그런데 바로 그때 그녀는 그 입술을 나에게서 영원히 앗아가 버리겠다고 말했던 것이다.

그날 저녁 마르트는 우리 집까지 나를 바래다주었다. 좀 더 그녀 가까이 있기 위해서 나는 그녀 망토 속에 몸을 바싹 붙이고 그녀의 허리를 잡았다. 이제는 또 만나서는 안 된다는 말을 그녀는 그 이상 하지 않았다. 반대로 몇 분 후면 우리가 헤어져야 한다는 생각에 슬퍼했다. 그녀는 나로 하여금 수없이 많은 철없는 맹세를 하도록 했다.

우리 집 앞에 다다르자, 나는 마르트가 혼자 떠나도록 놔두고 싶지 않았다. 그래서 그녀 집까지 바래다주었던 것이다. 틀림없이 그러한 어린애 같은 짓은 결코 끝이 없었을 것이다. 왜냐하면 그녀는 또다시 나를 바래다주겠다고 했기 때문이다. 나는 그녀 집과 우리 집 중간 지점에서 나 혼자 가도록 놔둔다는 조건으로 그녀 말을 따랐다.

저녁 식사에 삼십 분이나 늦게 귀가했다. 처음 있는 일이었다. 나는 그렇게 늦은 이유가 기차 때문이라고 말했다. 그러자 아버지는 그 말을 믿는 체했다.

아무것도 괴롭히는 것 없이 이제는 홀가분했다. 그래서 나는 한길에서도 내 꿈속에서나 마찬가지로 경쾌하게 걸었다.

지금까지 내가 탐내던 모든 것을 어린아이였기 때문에 단

넘하지 않으면 안 되었다. 게다가 그것을 받고 고맙다고 인사를 해야 되는 남이 준 장난감은 기분을 상하게 하는 것이었다. 스스로 굴러 들어오는 장난감이라면 한 어린아이에게 얼마나 신기한 매력을 느끼게 하는지! 나는 열렬한 사랑의 감정에 도취했다. 마르트는 내 것이 되었다. 그렇다고 말한 것은 내가 아니고 바로 그녀였던 것이다. 나는 그녀 얼굴을 만질 수 있었으며, 그녀의 두 눈과 팔에 키스할 수 있었으며, 내 마음 내키는 대로 그녀에게 옷을 입힐 수 있었고, 그녀를 망가뜨릴 수도 있었다. 그녀를 열렬히 애무하는 동안, 나는 그녀의 피부 중 드러난 부분을 물곤 해서, 그녀의 어머니가 본다면 자기 딸에게 혹시 정부라도 하나 있지 않나 하고 의심하도록 했다. 나는 그녀 피부에 내 이름의 첫 글자를 물어서 새겨 놓고 싶었다. 나의 잔인한 어린애 같은 짓은 문신의 옛 뜻을 되새기게 했던 것이다. 마르트는 이렇게 말했다. "그래요, 깨물어. 나에게 자국을 내 줘. 난 모든 사람이 알았으면 좋겠어."

나는 그녀의 유방에 입맞추고 싶었다. 그녀가 자기 입술을 나에게 내맡겼듯, 유방도 그녀 스스로 나에게 맡길 수 있으리라고 생각하면서, 감히 그런 요구는 하지 않았다. 며칠이 지난 후, 그녀의 입술을 마음대로 하는 데에 익숙해진 나는 그 외 다른 쾌락은 생각하질 않게 되었다.

우리는 벽난로 불빛으로 함께 책을 읽곤 했다. 그녀는 자기 남편이 최전선에서 매일처럼 보내는 편지들을 그 불에다 던져 버리곤 했다. 그 편지들의 불안한 어조를 보니 마르트의 편지들은 차츰 다정함을 잃고 한층 드물게 부쳐진다는 것을 알아챌 수 있었다. 그 편지들이 불길에 타는 것을 보면 불안한 생각이 가시질 않았다. 그 편지들은 한순간 불길을 팍 하고 일으켰다. 요컨대 나는 일이 한층 더 분명해져 보이는 것이 겁났던 것이다.

마르트는 이제 와서, 우리가 처음 만났을 때부터 내가 자기를 사랑한 것이 사실인지 자주 물어보곤 했는데, 자기가 결혼하기 전에 그 사실을 말해 주지 않았다고 나를 원망했다. 내가 그 이야기를 해 줬더라면 자기는 결혼하지 않았을 거라고 주장하는 것이었다. 약혼 초에 그녀가 자크에게 일종의 사랑을 느끼긴 했지만, 전쟁 때문에 너무나 길어진 그 약혼 기간은 그녀 가슴속에서 사랑의 감정을 조금씩 지워 버렸다는 것이다. 그녀가 그와 결혼했을 때엔 이미 자크를 사랑하지 않을 때였다는 것이다. 자크에게 주어진 보름 동안의 휴가가 아마도 자신의 감정을 바꾸어 주리라고 그녀는 기대했다는 것이다.

그는 서툴렀다. 사랑하는 사람은 사랑하지 않는 상대방을 늘 성가시게 하는 것이다. 그런데 자크는 그녀를 여전히, 오히려 한층 더 사랑하고 있었던 것이다. 그의 편지들은 괴로워하는 사람의 편지였다. 그러나 자기의 마르트를 너무나 높은 자리에 올려 놓았기 때문에 그녀가 자신을 배반한다는 것은 상상조차 못 하고 있었다. 따라서 그는 자신만을 책했고, 자기가 어떤 잘못을 저질렀는지 설명해 달라고 오직 그녀에게 간청할 따름이었다. "당신 곁에서 나는 너무나 거칠었어. 내 말 한 마디 한 마디가 당신에게 상처를 준다는 것을 느끼고 있어." 그러면 그에 대해 마르트는 그가 오해를 하고 있으며, 자기는 그를 전혀 비난하지 않는다고 대답할 뿐이었다.

그때는 3월 초순, 이른 봄이었다. 나와 함께 파리까지 가지 않는 날이면 마르트는 목욕 가운 속에 아무것도 걸치지 않은 알몸으로, 내가 미술 학교에서 돌아오는 것을 기다렸다. 시부모가 보내 준 올리브 나무가 항상 타고 있는 벽난로 앞에서 길게 누워 있었던 것이다. 그녀는 그 올리브 나무를 더 보내 달라고 청한 터였다. 일찍이 경험해 보지 못한 일에 직면해서 느끼는 수줍음이 아니라면, 무엇인지 알 수 없는 수줍음이 나를 제어하고 있었다. 나는 다프니스[12]를 생각했다. 거기에서 얼마간 교육을 받은 것은 클로에였다. 그러나 다프니스는 그것을 자기에게 가르쳐 달라고 클로에에게 감히 요구하지 못했다. 사실 나는 오히려 마르트가 결혼 초 보름 동안 생판 모르는 남자에게 내맡겨져 여러 번 강제로 몸을 빼앗긴 처녀라고 생각하지 않았던가!

저녁때 침대에 홀로 누워 나는 마르트를 부르곤 했다. 자신이 어른이라고 믿었던 내가 성인 남자 구실을 충분히 하여 그녀를 내 여자로 만들어 버리지 못한 것을 원망하면서 말이다. 그런데 나는 매일 그녀 집으로 갈 때마다, 그녀를 내 여자로 만들어 버리기 전에는 결코 그녀 집에서 나오지 않겠노라고 다짐하곤 했다.

1918년 3월, 나의 열여섯 번째 생일에 그녀는 나에게 화내지 말라고 애원하면서 자기 것과 같은 가운 한 벌을 나에게 선물로 주었다. 그녀는 내가 그것을 자기 집에서 입기를 바랐다. 기쁨에 넘친 나머지 나는 하마터면 농담을 할 뻔했다. 결코 농담을 하지 않는 내가 말이다. 이 옷은 나의 로브 프레틱스트[13]로군! 여태껏 내 욕망을 방해했던 것은, 그녀는 옷을 벗고 있는데 나는 입고 있어 우스꽝스럽지 않을까 하는 두려움이었다고 여겨졌기 때문이다. 나는 그날로 그 옷을 입기로 했다.

---

12) 2~3세기경 그리스 소설가 롱구스의 소설 『다프니스와 클로에』에 나오는 주인공. 아름다움과 순진함으로 가득 찬 전원 소설이다.

13) prétexte에는 '구실', '핑계', '기회'라는 뜻이 있고 '로마의 젊은 귀족이 입는 자줏빛 선을 두른 흰옷'이라는 뜻도 있다.

그러고 나서 나는 그 선물이 내포하고 있는 비난이 무엇인가를 알고, 창피해 얼굴이 빨개졌다.

우리가 서로 사랑하기 시작했을 때부터 마르트는 자기 방 열쇠를 나에게 줘서, 혹시 그녀가 외출 중이더라도 내가 정원에서 그녀를 기다리는 일이 없도록 해 주었다. 나는 그 열쇠를 남용할 수까지 있었다. 어느 토요일이었다. 나는 마르트와 헤어지면서 그다음 날 점심을 함께하러 오겠다고 약속했다. 그러나 나는 될 수 있는 대로 그날 저녁에 다시 오기로 마음을 먹었다.

저녁 식사 중 나는 부모에게 다음 날 르네와 함께 세나르 숲에서 먼 거리 걷기를 할 작정이라고 말했다. 그러기 위해선 새벽 5시에 출발해야 된다고 말했다. 그때엔 식구들이 모두 잠들어 있을 때니까, 내가 몇 시에 떠났는지를 아무도 모를 것이며, 따라서 내가 외박을 했는지조차도 모를 것이었다.

내가 어머니에게 그 걷기 계획을 이야기하자마자 어머니는 먹을 음식을 가득 담은 도시락 바구니를 몸소 마련하시려고 했다. 나는 아연실색했다. 그 바구니는 내 행동의 모든 소설적인 모습과 숭고함을 파괴해 버리기 때문이었다. 내가 그녀 방에 들어설 때 마르트의 공포에 질릴 모습을 상상하던 나는, 이젠 한 손에 살림 바구니를 들고 들어서는, 동화에 나오는 아름다운 왕자님을 보고 깔깔 대고 웃는 마르트를 생각하게 되었던 것이다. 르네가 모든 것을 다 마련했다고 어머니에게 말했으나 허사였다. 어머니는 그런 말을 들으려 하지도 않았다. 더 이상 고집 부리면 어머니의 의심을 일깨울 것이었다.

어떤 사람들에겐 불행이 되는 것이 다른 사람들에겐 행복의 원인이 될 수도 있는 것이다. 내 사랑의 첫날밤을 처음부터 망쳐 놓는 바구니를 어머니가 채우는 동안, 먹고 싶어 하는 동생들의 부러움의 눈초리가 내 눈에 띄었다. 나는 그 바구니를 동생들에게 몰래 줘 버릴까 하고 생각했다. 그러나 일단 다 먹어 치운 다음 혼날 위험이 있고, 내가 곤경에 처하는 것을 보는 즐거움 때문에 동생들이 모든 사실을 일러바칠 것이 틀림없었다.

그래서 결국 체념하고 가지고 가기로 했다. 집 안 어떠한 구석도 확실한 은닉 장소로는 보이지 않았기 때문이다.

나는 자정 전엔 떠나지 않고, 부모님이 잠든 것을 확인한 후에 떠날 작정이었다. 나는 책을 읽으려고 했다. 그러나 면사무소 시계가 10시를 알렸을 땐 벌써 얼마 전부터 부모님이 잠자리에 들었기에 나는 더 기다릴 수가 없었다. 부모님은 2층에 있었고, 나는 아래층에 있었다. 나는 될 수 있는 대로 아주 조용히 담을 뛰어넘기 위해 구두를 벗었다. 한 손에는 구두를 들고, 다른 손엔 병이 들어 있어 위태로운 바구니를 들고서 부엌 찬방에 있는 조그만 문을 조심스럽게 열었다. 비가 내렸다. 마침 잘됐다! 빗소리는 내가 내는 소리들이 안 들리게 할 테니까 말이다. 부모님 방에 불이 아직 꺼지지 않은 것을 보고, 나는 그대로 돌아가 다시 누우려고 했다. 그러나 길에 들어선 터였다. 이젠 구두를 조심할 처지가 아니었다. 비가 오고 있어 구두를 신어야만 했다. 뒤이어 철책에 달린 종이 흔들리지 않게 하기 위해 벽을 기어올라 넘어야만 했다. 나는 벽으로 다가갔다. 그곳을 쉽게 빠져나갈 수 있게 하기 위해 저녁을 먹은 다음 정원에 있는 의자를 벽에다 당겨 놔 두었던 것이다. 그 벽 꼭대기는 기와로 덮여 있었다. 기와들은 비를 맞아 미끄러웠다. 내가 거기에 매달리자, 기왓장 하나가 떨어졌다. 초조했기에 기왓장 떨어지는 소리는 실제보다도 열 배나 더 크게 들렸다. 이제는 한길로 뛰어넘어야만 했다. 나는 바구니를 입에 물고 뛰었는데, 결국 물구덩이로 떨어지고 말았다. 오랫동안 나는 그곳에 서서 부모님 방 창문 쪽을 올려다보았다. 무엇인가 알아채고 움직이지나 않나 보았던 것이다. 창문엔 아무것도 어른거리질 않았다. 나는 무사한 것이다!

나는 마른 강기슭을 따라 마르트의 집까지 갔다. 내 바구니를 덤불 속에 감추어 두었다가 다음 날 찾아갈 작정이었다. 그러나 전쟁이란 것이 그러한 짓을 위험한 것으로 만들어 놓았던 것이다. 실상 그 바구니를 감추어 둘 수 있는 덤불이 있는 유일한 장소인 J 다리를 보초가 지키고 있었던 것이다. 나는 다이너마이트를 설치하는 사람보다도 한층 창백한 얼굴로 오랫동안 주저했다. 그러나 나는 그 식량을 감추고 말았다.

마르트네 집 철책은 닫혀 있었다. 나는 우편함 속에 늘 넣어두는 열쇠를 꺼냈다. 발끝으로 걸어서 작은 정원을 가로질러 현관 계단을 올라갔다. 층계를 오르기 전에 구두를 또 벗었다.

마르트는 꽤 신경질적인 여자인데! 내가 자기 방에 들어서는 것을 보면 아마 기절하리라. 나는 와들와들 떨었다. 열쇠 구멍을 찾아낼 수가 없었다. 마침내 열쇠를 집어넣고 아무도 깨지 않도록 서서히 돌렸다. 문 입구의 곁방에 들어서자 우산걸이에 부딪혔다. 나는 초인종을 스위치로 착각하고 누를까 봐 걱정이 됐다. 더듬거리며 방까지 갔다. 나는 도망치고 싶은 마음에 또다시 멈추었다. 어쩌면 마르트가 나를 절대로 용서하지 않을지도 모를 일이었다. 그렇지 않으면 그녀가 나를 속이는 사실을 별안간 알게 되고, 다른 남자와 함께 있는 그녀를 보게 된다면!

나는 문을 열었다. 그리고 이렇게 중얼거렸다.

"마르트?"

그녀는 이렇게 대답했다.

"그렇게 나를 겁나게 하기보다는 차라리 내일 아침에 오면 되지 않아? 그래, 일주일이나 당겨서 휴가를 얻었어?"

그녀는 나를 자크로 착각했던 것이다!

그런데 그녀가 자크를 어떻게 맞이하는지 보긴 했지만, 그와 동시에 그녀가 나에게 무엇인가 이미 감춘다는 사실을 알게 되었던 것이다. 자크가 일주일 후엔 오기로 했던 것이다!

나는 불을 켰다. 그녀는 벽으로 몸을 돌린 채 그대로 있었다. "나야." 하고 말하기는 어렵지 않았다. 그렇지만 나는 그 말을 하지 않았다. 나는 그녀 목에 키스를 해 주었다.

"얼굴이 흠뻑 젖었네. 어서 닦아요."

그때 그녀는 몸을 돌리고, 이어서 소리를 질렀다. 잠깐 사이에 그녀는 태도를 바꿔 버린 것이다. 그러고는 내가 밤중에 나타난 것에 대한 이유를 알아보려는 기색도 없이 이렇게 말하는 것이었다.

"아이, 불쌍해라, 병 나겠어! 빨리 옷을 벗어요."

그녀는 뛰어가서 응접실에도 불을 다시 지폈다. 방으로 돌아오자, 내가 움직이지 않는 것을 보고 그녀는 이렇게 말했다.

"도와줄까요?"

무엇보다도 내가 옷을 벗어야만 할 순간을 두려워하며, 옷을 벗는 것이 웃음거리가 되리라고 생각했던 나는 비를 고맙게 여겼다. 그 비 덕분에 옷 벗는 일이 마치 어머니의 돌봄 같아졌기 때문이다. 그러나 마르트는 부엌으로 왔다 갔다 하며 그로그[14]의 물이 따뜻한가 확인했다. 마침내 침대 위에서 절반쯤은 깃털 이불로 가린 채 알몸으로 있는 나를 그녀는 보았다. 그러자 그녀는 발가벗고 그렇게 있다니 미쳤다고 야단을 쳤다. 그리고 오드콜로뉴 화장수로 몸을 마사지해야 한다는 것이었다.

이어서 마르트는 옷장 문을 열더니 나에게 잠옷 한 벌을 던

---

14) 브랜디나 럼주에 설탕과 레몬을 넣어 홍차 같은 것에 타 먹는 음료.

져 주었다. '그의 키는 나만 한 모양이군.' 자크의 잠옷이었다! 그러자 나는 그 군인이 들이닥치는 일이 지극히 가능하다고 생각했다. 마르트도 그리 믿으니 말이다.

나는 침대 안에 있었다. 마르트는 내가 있는 침대로 들어왔다. 나는 그녀에게 불을 끄라고 했다. 그녀 팔에 감겨 있으면서도 내 수줍음을 경계했기 때문이다. 어둠은 나에게 용기를 줄 것이다. 마르트는 부드럽게 말했다.

"싫어. 당신이 잠드는 것을 보고 싶어."

우아함으로 가득 찬 그 말은 나에게 어딘지 모르게 거북한 느낌을 주었다. 나는 그 말 속에서 내 여자가 되기 위해 모든 것을 다 거는 한편, 나의 병적인 수줍음을 간파하지 못하면서 내가 자기 곁에서 자는 것을 받아들이는 애처로운 다정함을 엿보았던 것이다. 사 개월 전부터 그녀를 사랑한다고 나는 말해 왔다. 그러면서도 나는 그 증거를 주지 못했다. 뭇 남자들이 그다지도 헤프게 아낌없이 주며, 또한 그들의 애정 구실을 하는 그 사랑한다는 증거를 말이다. 나는 강제로 불을 껐다.

나는 마르트네 집에 들어오기 조금 전의 불안한 상태로 되돌아왔다. 그러나 문 앞에서 기다리는 것처럼 사랑 앞에서는 그렇게 오래 기다릴 수 없었던 것이다. 게다가 나의 상상력은 그것이 이젠 생각해 낼 수조차 없는 만큼의 쾌락을 기대하고 있었다. 또한 그때 처음으로, 나 자신이 그녀 남편과 닮아서 우리들의 사랑의 행위의 첫 순간에 대해 좋지 않은 추억을 마르트에게 주지는 않을까 걱정이 됐다.

그런데 그녀는 나보다 한층 더 행복해했다. 아무튼 우리가 서로 포옹을 풀었던 순간, 그녀의 찬란한 두 눈은 나의 어색한 느낌을 충분히 보상해 주었다.

그녀의 얼굴 모습은 바뀌어 있었다. 종교화에서나 볼 수 있는 것 같은, 그녀의 얼굴에 역력히 감돌고 있는 그 후광을 만져 볼 수 없는 것에 나는 놀라기까지 했다.

그때까지 품었던 내 걱정이 사라지자, 다른 걱정이 찾아들었다.

내 수줍은 성품 탓에 그때까지 감히 하지 못했던 행동을 할 수 있는 힘이 내게 있음을 알아낸 나는, 마르트가 스스로 주장한 것 이상으로 자기 남편에게 속해 있는 것이 아닌가 하는 걱정을 했던 것이다.

난생처음으로 경험하는 그 맛을 나는 이해할 수가 없었으므로, 사랑의 즐거움을 하루하루 더 알아 갈 수밖에 없었다.

당장은, 진짜가 못되는 그 쾌락은 남자가 느끼는 진짜 괴로움을 나에게 가져다주었다. 그것은 질투였다.

나는 마르트를 원망했다. 왜냐하면 그녀의 고마워하는 얼굴을 보고서 육체 관계에 어느 만큼의 가치가 있는 것인가 알게 되었기 때문이다. 나는 나 이전에 그녀의 육체를 눈뜨게 해준 남자를 저주했다. 마르트에게서 처녀성을 보아 온 것이 바보 같은 짓으로 여겨졌다. 다른 시대였다면 그녀 남편의 죽음을 바란다는 것이 어린아이의 망상이 됐을 것임에 틀림없지만, 이제 그러한 바람을 갖는다는 것은 이미 그를 살해한 것이나 거의 다름없는 죄를 범하는 일이 되었다. 나는 전쟁 덕분에 싹트는 행복을 맛보고 있었다. 그러면서 그 화려한 피날레를 전쟁에 기대했다. 나는 한 이름 없는 자가 우리 대신 죄를 지 듯, 그 전쟁이 내 증오에 봉사해 주길 바랐다.

이제 우리는 함께 울고 있었다. 행복하기 때문이었다. 마르 트는 내가 결혼을 말리지 않았다고 나를 나무랐다. 하지만 그 랬다면 내가 고른 이 침대에 내가 누워 있을 수 있었을까? 그녀 는 자기 부모 집에 있었을 것이고, 우리는 서로 만나 보지도 못 했을 것이다. 그녀는 결코 자크에게 속하지도 않았겠지만, 그 렇다고 나에게도 속하지 못했을 것이다. 그 사람이 없었다면 비교할 대상이 없었을 테니까 더 좋은 것을 희망하면서 아마 지금 후회하고 있을지도 모르리라. 나는 자크를 미워하지 않는 다. 모든 것이 우리가 속이고 있는 그 사람 덕분이라는 엄연한 사실이 나는 몹시 싫었던 것이다. 그러나 우리들의 행복을 죄 악이라고 생각하기엔 나는 마르트를 너무나 사랑한다.

우리들이 우리 마음대로 거의 할 수 없는 어린애들에 불과 하다는 사실이 슬퍼서 우리는 함께 울었다. 마르트를 빼앗아 온다! 그녀는 누구에게도 아닌 나에게만 속했으니까. 그러나 그렇게 하는 것은 내가 그녀를 뺏겨 버리는 결과가 되리라. 사 람들은 우리를 갈라놓을 테니 말이다. 벌써부터 우리는 전쟁 의 종결을 생각했다. 그것은 우리 사랑의 종말이기도 할 것 이다. 우리는 그러한 사실을 안다. 마르트는 그렇게 되면 모 든 것을 버리고 나를 따르겠다고 맹세하지만, 소용없는 짓이 다. 내겐 그렇게 반항하는 기질이 없기 때문이다. 그리고 내가 마르트 처지에 놓인다 하더라도 그러한 미치광이 같은 이혼 을 상상할 수가 없는 것이다. 마르트는 왜 자기가 너무 늙었다고 생각하는지를 나에게 설명해 주었다. 십오 년 후, 내 인생은 아직도 시작에 불과하리라는 것이다. 따라서 그때야 비로소 지금 자기 또래 여자들이 나를 사랑하리라는 것이다. "나는 괴롭기만 할 거야. 당신이 나를 떠나 버린다면 난 죽을 거야. 그렇다고 당신이 내 곁에 머무른다면, 사랑 때문이 아니라 당신 마음이 약하기 때문일 거야. 그러면 당신 행복이 나 때문에 희생되는 것을 보면 나는 괴로울 거고……." 하고 그녀는 덧붙이는 것이었다.

그 말에 분개했는데도, 그런 일은 없으리라는 확신이 있는 것처럼 보이지 않는 자신이 나는 원망스러웠다. 그러나 마르트는 내가 그렇게 확신할 것을 바랄 뿐이었다. 따라서 내겐 가장 졸렬한 이유가 그녀에게는 훌륭한 이유라고 생각됐던 것이다. 그녀는 이렇게 대답했다. "그래요. 그걸 생각하지 않았어. 당신이 거짓말을 하지 않는다는 것을 나는 잘 알지."

나는 마르트의 두려움 앞에서 내 신념이 그리 단단하지 못하다는 것을 느꼈다. 따라서 내 위로라는 것은 무력해져 버렸다. 인사치레로 오직 그녀의 잘못된 생각을 깨우쳐 주는 모양이 됐던 것이다. 나는 그녀에게 말했다. "아냐, 아냐, 그럴 수 있어? 당신 미쳤군." 아아! 나는 청춘에 너무도 민감했기 때문에 그녀의 청춘이 시들고 내 청춘이 꽃피는 날엔 내가 마르트에게서 떨어져 나오리라고 생각했던 것이다.

비록 나에겐 내 사랑이 결정적인 단계에 다다른 것같이 보였지만, 아직 초보 상태였다. 그리하여 보잘것없는 장애물에

라도 약해지는 처지였다.

따라서 그날 저녁, 우리들이 마음으로 하는 터무니없는 짓은 육체가 저지른 터무니없는 짓보다 더 한층 우리를 피로하게 했다. 그 둘 중 하나가 다른 한쪽의 터무니없는 짓에서 우리를 쉬게 하는 것 같았다. 그러나 실상 양쪽이 함께 우리를 완전히 지치게 만들었던 것이다. 수탉들이 점점 더 울어 댔다. 수탉들은 밤새껏 울어 댔던 것이다. 나는 수탉이 해가 뜰 때 울어 댄다는 그 시적인 거짓말을 깨닫게 되었다. 그리 대단한 일은 아니었다. 다만 내 또래엔 불면이라는 것을 아직 몰랐다. 게다가 마르트 역시 그 사실을 알아채고 대단히 놀라는 것을 보니, 그녀도 처음으로 그 사실을 안 모양이었다. 그녀의 놀람은 그녀가 자크와 밤샘을 해 본 적이 없다는 확증을 나에게 줬기 때문에 나는 그녀를 껴안았는데, 그녀는 내가 왜 자기를 그렇게 힘주어 꼭 껴안는지 이해하질 못했다.

나는 불안한 나머지 우리들의 사랑을 예외적인 것처럼 생각하고 있었다. 사랑이란 시 같고, 가장 평범한 사람들일지라도 사랑하는 사람들은 스스로 어떤 개혁을 하고 있다고 생각하는 것인데, 우리는 그런 사실을 알지도 못하고 그와 같은 마음의 혼란을 느끼는 것은 우리가 처음이라고 믿었다. 나도 그녀와 함께 불안을 나누고 있다고 마르트가 생각하도록 나는 그녀에게 이렇게 말했다.(하기야 그런 건 믿지도 않으면서.) "당신은 나를 버릴 거야. 딴 남자들을 좋아하게 될 테니까." 그러자 그녀는 절대로 그러지 않을 자신이 있다고 나에게 단언했다. 한편 나는 내 게으름이 우리의 영원한 행복을 그녀의 정력에 마침내는 종속되게 하고 말 테니까, 비록 그녀가 늙었을 때라도 그녀에게 머무르리라고 나는 점차 생각했던 것이다.

우리들은 발가벗은 채 이내 잠들어 버렸다. 눈을 떠 보니 그녀가 이불을 덮지 않은 것을 보고, 감기나 들지 않을까 걱정이 됐다. 나는 그녀의 몸을 더듬어 보았다. 그녀의 몸은 타는 듯했다. 그녀의 잠자는 모습이 눈에 들어오자 비길 데 없는 욕정이 솟구쳤다. 십 분쯤 지나자 그 욕정은 억제할 수 없어졌다. 나는 마르트의 어깨에 키스를 해 주었다. 그녀는 여전히 자고 있었다. 정숙하지 못한 두 번째 키스는 자명종처럼 맹렬하게 작용했던 것이다. 그녀는 소스라쳐 놀랐다. 그러고는 눈을 비비면서 나에게 키스했다. 마치 사랑하는 사람이 죽은 꿈을 꾸고 난 뒤에 침대에서 그 사람을 다시 찾아낸 듯이 말이다. 그녀의 경우 그와 반대로 현실에 정말 있었던 일을 꿈이라고 믿었던 것이다. 그런데 잠에서 깨어나, 나를 거기서 다시 찾아낸 것이다.

벌써 2시였다. 우리는 초콜릿을 마셨다. 그때 초인종 소리가 들려왔다. 나는 자크라고 생각했다. '자크에게 무기가 있으면 좋겠는데.' 죽음을 그렇게도 두려워하던 나는 떨지 않았다. 오히려 반대로 우리들을 죽여 준다면 자크여도 상관없었다. 그 외 다른 해결은 가소로운 것처럼 여겨졌다.

조용한 죽음은 혼자서 생각할 때만 문제되는 것이다. 둘이서 죽는다는 것은 신을 믿지 않는 사람에게서조차 이미 죽음이 아니다. 괴로운 것은 생명에서 떠나는 것이 아니라, 그 생명에다 하나의 뜻을 주는 것에서 떠나는 것이다. 따라서 사랑이 우리 생명일 때, 함께 사는 것과 함께 죽는 것 사이에 무슨 차이가 있겠는가?

나는 자신이 영웅이라고 생각할 겨를도 없었다. 아마 자크가 마르트나 나 둘 중 한 사람만을 죽일 거라 생각하며, 내 이기주의를 재 보고 있었기 때문이다. 그 두 비극 중에서 어떤 것이 최악인가를 나는 알기나 했을까?

마르트가 움직이지 않았기에 나는 잘못 들은 것이라 생각했다. 그리고 주인 집에 누가 와서 초인종을 누른 것이라 믿었다. 그러나 또다시 초인종이 울렸다.

"조용히, 움직이지 말아요! 친정어머니일 거야. 미사를 드린 후에 어머니가 들르는 것을 깜박 잊어버리고 있었지." 하고 그녀는 속삭이는 것이었다.

나는 그녀의 희생 중 하나를 목격하는 것이 즐거웠다. 여자애인이나 남자친구가 약속 시간에 몇 분 늦어 상대방을 못 만나면 이내 나는 그들이 죽을 지경의 고통에 빠지는 모습을 보는 것이다. 나는 그러한 불안을 그녀 어머니에게다 붙여 놓고 그녀가 걱정하는 모습을 즐겼다. 그리고 나 때문에 그녀 어머니가 그러한 걱정을 하리라는 것을 재미있게 생각했다.

밀담처럼 수군거리는 소리에 (분명히 그랑지에 부인은 아래층 사람에게 아침에 자기 딸을 보았느냐고 물어봤을 것이다.) 이어 정원 철책 문이 닫히는 소리가 들려왔다. 마르트는 덧문 뒤에서 밖을 내다보며 말했다. "정말로 어머니였어." 한 손에 미사 책을 들고 자기 딸의 이해할 길 없는 부재를 걱정하면서 떠나는 그랑지에 부인의 모습을 보는 즐거움을 나 역시 억제할 길이 없었다. 그랑지에 부인은 또 다시 몸을 돌리고 닫힌 덧문을 바라보았다.

더 이상 아무것도 바랄 것이 없는 지금, 나는 내가 부당한 사람이 되어 가는 것을 느낄 수 있었다. 마르트가 아무 거리낌 없이 자기 어머니를 속일 수 있다는 것을 나는 마음속 깊이 슬퍼했다. 그리고 나의 기만적인 악의는 그녀가 거짓말을 할 수 있다는 점을 비난했던 것이다. 그렇지만 사랑이란 결국 두 사람의 이기주의로서 모든 것을 자신을 위해 희생하고 또한 거짓말로 존속하는 것이다. 똑같은 마귀에 홀려서 나는 또 자기 남편이 온다는 것을 감추었다고 그녀를 비난했다. 그때까지 나는 내게 마르트를 다스릴 권리가 없다고 느껴서 나의 횡포를 억제했던 것이다. 따라서 내 가혹함은 때때로 소강 상태의 순간을 맞았다. 나는 신음하듯 이렇게 말했다. "곧 당신은 나를 몹시 싫어할 거야. 나 역시 당신 남편처럼 난폭하니까." "그이는 난폭하지 않아." 하고 그녀는 말했다. 나는 더욱더 강하게 이렇게 말했다. "그렇다면 당신은 우리 두 사람을 다 속이고 있군. 그 사람을 사랑한다고 말해. 만족하는 게 좋지. 당신은 그와 함께 일주일 후엔 나를 속일 테니까."

그녀는 입술을 깨물고 눈물을 흘리면서 말했다. "내가 무얼 어떻게 했기에 당신은 이렇게도 심술궂어졌지? 제발 우리 행복의 첫날을 망치지 마."

"오늘이 우리 행복의 첫날이라고 하니, 당신은 어지간히도 나를 사랑하지 않는군."

그런 과격한 말은 그런 소리를 하는 사람에게도 상처를 주게 마련이다. 나는 자신이 무슨 말을 하는지 전혀 생각하지 않고 있었다. 그렇지만 말하지 않을 수 없었던 것이다. 내 사랑이 한층 더 커지고 있다는 것을 마르트에게 설명하는 것은 불가능한 일이었다. 내 사랑은 필시 사춘기에 이르렀고, 그 잔인한 짓궂은 말은 정열로 변해 가는 사랑의 변성(變聲) 현상이었다. 나는 괴로워했다. 나는 마르트에게 한 내 공격을 잊어 달라고 애원했다.

집주인네 하녀가 문 밑으로 편지들을 밀어 넣었다. 마르트는 그것을 집었다. 자크에게서 온 편지가 두 통이나 있었다. 의심스러워하는 내 태도에 대답이나 하듯 "당신 좋을 대로 해요." 하고 그녀가 말했다. 나는 창피했다. 나는 그 편지들을 그녀가 읽고 혼자 간직할 것을 원했다. 마르트는 우리를 최악의 도전적 언동으로 몰아넣는 저 반사 작용으로, 편지 봉투 하나를 찢었다. 찢기에 힘이 드는 것을 보니, 장문의 편지 같았다. 그녀의 그러한 태도는 새로운 비난의 계기가 되었다. 그러나 나는 그러한 허세가 몹시 싫었고, 그녀가 그런 행동에 대해 앞으로 반드시 품게 될 후회가 싫었던 것이다. 그래서 나는 어쨌든 자제했다. 그리고 그러한 장면을 보고 마르트를 고약하다고 생각하지 않을 수 없었지만, 그녀가 두 번째 편지를 찢지 않도록 하기 위해 속으로만 생각했다. 내 요구에 따라 그녀는 두 번째 편지를 읽었다. 반사 작용은 그녀로 하여금 첫 편지를 찢도록 할 수 있었지만, 두 번째 편지를 훑어본 다음 그녀가 이렇게 말하게 한 것은 반사 작용이 아니었다. "천만다행으로 이 편지를 찢지 않았어요. 자크가 자기 구역에선 휴가가 연기되어 한 달 내에는 오지 않는다고 하네."

사랑만이 오직 그와 같은 센스 없는 말을 용서하는 것이다.

나는 그녀의 남편이 거추장스러워지기 시작했다. 그가 집에 있어 그를 조심해야만 하는 경우보다 더 한층 그랬다. 그에게서 온 편지 하나가 별안간 유령 같은 중대성을 지니게 되었다. 우리는 느지막이 점심을 먹었다. 5시쯤에 물가로 산책을 하러 갔다. 보초가 보는 앞에서 점심 바구니를 덤불 속으로부터 끄집어냈을 때, 마르트는 대경실색했다. 그 바구니의 내력을 듣고 그녀는 퍽 재미있어 했다. 이제 나는 그 기괴한 내력의 바구니에 대해서 걱정할 필요가 없었다. 우리는 우리 몸가짐이 단정치 못하다는 것을 이해하지 못하고 서로 몸을 붙인 채 걸었다. 우리는 손깍지를 끼고 있었다. 쾌청한 첫 일요일에는, 마침 비가 내린 다음 버섯들이 돋아 나오듯, 밀짚모자를 쓰고 산책하는 사람들이 여기저기 보였다. 마르트와 안면이 있는 사람들은 그녀에게 인사할 마음을 먹지 못했다. 그러나 그녀는 아무것도 깨닫지 못하고 그들에게 악의 없이 인사를 하는 것이었다. 그들은 그녀가 그러는 것이 일종의 허풍이라고 여겼을 것임에 틀림없다. 그녀는 내가 집에서 어떻게 도망쳐 나왔는가를 알고 싶다고 물었다. 그녀는 웃어 댔다. 그러고서 얼굴이 어두워졌다. 그리고 그녀는 힘껏 내 손가락을 쥐고서 내가 그런 위험을 무릅쓰고 온 것이 고맙다고 했다. 우리는 그녀 집에 다시 들러 바구니를 갖다 두었다. 사실 나는 그 바구니를 군대로 발송하는 식으로 그 모험에 가치 있는 결말을 낼 것을 막연히 생각해 보았다. 그러나 그런 결말은 너무나 눈에 거슬리는 것이어서 나 혼자 마음속에 간직하기로 했다.

마르트는 마른 강을 따라 라 바렌까지 가자고 했다. 우리들은 '사랑의 섬' 앞에서 저녁을 먹을 참이었다. 나는 에퀴 드 프랑스 박물관을 그녀에게 보여 주겠다고 약속했다. 내가 아주 어렸을 때 처음으로 구경한 박물관이었고, 나를 황홀하게 했던 고장이었다. 나는 아주 흥미로운 것처럼 마르트에게 그 박물관에 대해 얘기했던 것이다. 그러나 그 박물관 구경이 하나의 짓궂은 장난 같은 것에 불과하다는 것을 그녀와 함께 알게되었을 때, 내가 그렇게나 속았다는 것을 나는 인정하고 싶지 않았다. 퓰베르[15]의 가위라니! 모든 것을! 나는 그 모든 것을 믿었던 것이다. 그때 나는 악의 없는 농담으로 그런 소리를 했다고 그녀에게 우겨 댔다. 그녀는 이해하지 못했다. 왜냐하면 보통 나는 농담을 별로 하지 않기 때문이었다. 사실을 말하자면, 그러한 뜻밖의 실패에 나는 우울했다. 나는 이렇게 생각했다. '오늘날 마르트의 사랑을 이렇게도 믿고 있는 나에게 어쩌면 그것이 에퀴 드 프랑스 박물관처럼 어리석은 속임수로 생각될지도 모를 거야!'라고.

---

15) 11세기경 파리의 승려.

왜냐하면 나는 그녀의 사랑을 종종 의심했기 때문이다. 때때로 생각해 보기를, 나는 그녀의 노리개가 아닌가, 평화가 와서 아내의 의무로 되돌아오게 되면 그녀가 순식간에 떨쳐 버릴 수 있는 일시적인 기분풀이 대상은 아닌가 하고 말이다. 그렇지만 입이나 눈이 속일 수 없는 순간이 있다고 나는 생각했다. 그것은 사실인 것이다. 그러나 일단 취하면 아무리 인색한 사람들일지라도 자기네가 내주는 시계와 돈지갑을 받지 않으면 화를 내는 법이다. 그런 좋은 기분에선 그들은 자기네가 취하지 않고 정상적인 상태일 때나 마찬가지로 진지한 것이다. 거짓말을 할 수 없는 순간이 바로 거짓말을 가장 많이 하는 순간인 것이다. 뭣보다도 자기 자신에게 말이다. '여자가 거짓말을 할 수 없는 순간에' 그 여자를 믿는다는 것은 한 수전노의 가짜 너그러움을 믿는 것이나 매한가지다.

내 통찰력이라는 것은 세상물정 모르는 고지식함의 한층 위험한 한 형태에 불과했던 것이다. 나는 자신이 세상물정을 모른다고 생각하지 않았다. 그러나 다른 형태로 세상물정을 몰랐던 것이다. 왜냐하면 나이가 들어서도 세상물정을 모를 수 있기 때문이다. 늙은이들이 세상물정 모르는 일도 적지 않은 것이다. 소위 나의 통찰력이라 일컬어지는 것은 나를 아주 우울하게 했고, 마르트를 의심하게 했던 것이다. 그보다는 내가 나 자신을 그녀와 사귈 값어치 없는 사람으로 생각했고, 차라리 나 자신을 의심하고 있었다. 그녀가 나를 사랑한다는 증거를 더 이상 셀 수 없을 정도로 손에 넣었다 하더라도 나는 여전히 불행했을 것이다.

유치하게 보일까 걱정되어 사랑하는 사람들에게 결코 말하지 않는 귀중한 것이 있다는 것을 나는 너무나 잘 알고 있어, 마르트의 저 가슴에는 듯한 수치심이 걱정됐다. 그리고 나는 그녀 마음속에 들어가지 못해 괴로웠던 것이다.

나는 저녁 9시 30분에 집으로 돌아왔다. 부모님은 내 산책에 대해 물어봤다. 나는 열을 내며 세나르 숲과 내 키보다도 두 배나 더 큰 그곳 고사리들에 대하여 들려주었다. 나는 그곳에서 점심을 먹은 아름다운 브뤼느와 마을에 대해서도 역시 말해 주었다. 그랬더니 별안간 어머니는 조롱하듯 내 말을 가로채면서 이렇게 말했다.

"그런데 말이야, 오늘 오후 4시에 르네가 왔는데, 자기가 너와 함께 멀리 산책하기로 했다는 말을 듣고 깜짝 놀라던데."

나는 화가 치밀어 얼굴을 붉혔다. 이번 사건과 그 외 많은 사건들은 얼마간의 소질에도 불구하고 나는 누군가를 속일 수 있는 인물이 못된다는 사실을 깨닫게 했다. 늘상 나는 꼬리를 잡히고 마니까. 부모님은 그 외 아무 말도 덧붙이지 않았다. 부모님은 별로 대수롭지 못한 승리를 했던 것이다.

하기야 아버지는 무의식 중에 내 첫사랑의 공범이 되어 있었다. 내 조숙함이 입증되는 것을 몹시 좋아했고, 오히려 그 사랑을 아버지는 북돋아 줬던 것이다. 또한 아버지는 내가 나쁜 여자의 손아귀에 잡힐까 봐 늘 걱정해 왔던 것이다. 그는 내가 선량한 아가씨의 사랑을 받는다는 것을 알고 만족해했다. 마르트가 이혼을 원한다는 증거를 잡은 날 비로소 아버지는 화가 났던 것이다.

그런데 어머니는 우리 관계를 그렇게 좋게 보지 않았다. 어머니는 질투했다. 마르트를 라이벌을 대하는 눈초리로 보았던 것이다. 어머니는 마르트가 혐오감을 일으킨다고 했는데, 내가 사랑한다는 사실만으로 어느 여성이건 자기에겐 그렇게 보이리라는 것을 어머니는 깨닫지 못했던 것이다. 게다가 어머니는 아버지보다도 한층 더 소문을 근심했다. 마르트가 내 또래 장난꾸러기와 더불어 평판을 더럽힌다는 사실에 어머니는 놀랐던 것이다. 게다가 어머니는 F에서 자랐다. 그러한 교외의 모든 작은 도시에서는, 노동자들이 사는 교외에서 떨어지게 되자마자, 시골에서와 똑같은 도락, 똑같은 험담거리를 찾는 갈망이 맹위를 떨치는 것이다. 게다가 파리에 인접한 소도시에선 남의 일에 대한 억측과 험구가 한층 더 방약무인해지는 것이다. 제각기 한마디 해 체면을 지켜야만 한다. 따라서 나는 남편이 군인인 여자를 연인으로 삼았기 때문에 내 친구들이 자기 부모 명령으로 차츰 나에게서 떨어져 나가는 것을 보았던 것이다. 그들은 사회 계급 순서에 따라서 사라졌다. 즉 공증인의 아들부터 시작해 우리 집 정원사 아들에까지 이르렀던 것이다. 어머니는 그러한 조처들 때문에 타격을 받았다. 하지만 그것들은 나에겐 하나의 존경의 뜻으로 여겨졌다. 어머니는 한 미치광이 여자 때문에 내가 타락했다고 생각했다. 그리고 아버지가 마르트를 나에게 소개한 후 모든 것을 눈감아 준 것을 어머니는 확실히 원망했다. 그러나 사태를 수습해야 할 사람은 바로 아버지라고 여기는데 아버지가 입을 다물고 있으니, 어머니는 침묵을 지킬 뿐이었다.

나는 매일 밤을 마르트네서 보내곤 했다. 그녀 집에 10시 30분에 도착하여 아침 5시나 6시에 떠나곤 했다. 이젠 담을 뛰어넘지 않았다. 내 열쇠로 문을 여는 것으로 만족했다. 그러나 그러한 대담한 짓은 약간의 조심성을 요구하는 것이었다. 벨 소리가 사람들의 잠을 깨우는 일이 없도록 하기 위해, 나는 저녁때 솜으로 그 벨의 추를 싸 놓았던 것이다. 그리고 다음 날 돌아오면서 그 솜을 떼어 내곤 했다.

집에선 아무도 내가 집에 없는 것을 알아채지 못했다. J에선 그처럼 되어 가질 않았다. 벌써 얼마 전부터 집주인 가족과 노부부는 몹시 불쾌한 눈으로 나를 보았으며, 내 인사를 받는 둥 마는 둥 했다.

아침 5시에, 나는 가급적이면 소리를 안 내도록 구두를 손에 들고 내려와 신고는 했던 것이다. 어느 날 아침 나는 층계에서 우유 배달 소년을 만났다. 그는 손에 우유 통을 들고 있었고 나는 손에 구두를 들고 있었다. 그는 끔찍한 미소를 띠며 나에게 인사를 했다. 마르트에게 큰일이 난 것이다. 그는 나를 만났다고 J 거리에 온통 소문을 퍼뜨릴 참이었다. 그보다도 더 나를 괴롭혔던 것은 내 우스꽝스러운 모습이었다. 나는 우유 배달 소년을 매수하여 입을 다물게 할 수도 있었지만, 방법이 생각나지 않아 그만두었다.

그날 오후 나는 그 일에 관하여 마르트에게 아무 말도 감히 하지 못했다. 게다가 그런 에피소드가 없어도 이미 그녀의 평판은 더러워져 있었다. 이미 오래전부터 난 소문이었기 때문이다. 소문은 사실보다도 훨씬 이전에 그녀를 내 애인으로 만들어 놓았다. 그러나 우리들은 아무것도 몰랐던 것이다. 얼마 안 가서 우리는 그 사실을 분명히 알게 될 참이었다. 그리하여 어느 날 나는 맥 빠진 마르트를 본 것이다. 내가 새벽에 집을 나가는 것을 나흘 전부터 보았다고 집주인이 그녀에게 말해 줬다는 것이다. 집주인은 처음엔 믿지 않으려고 했으나, 이젠 의심할 여지가 없다고 말했다는 것이다. 마르트 방 아래에서 사는 노 부부는 우리가 밤낮으로 내는 소리에 대해 불평을 한다는 것이었다. 마르트는 깜짝 놀라서 그 집에서 떠나고 싶어 했다. 앞으로 우리가 만날 때, 좀 더 조심해야 한다는 것은 문제가 될 수 없었다. 우리는 그것이 불가능하다는 것을 느꼈기 때문이다. 즉 우리는 그렇게 하는 것이 습관화되어 버렸던 것이다. 그러자 그때에 와서야 자기를 놀라게 했던 여러 일들을 마르트는 이해하기 시작했다. 그녀가 정말로 애지중지하는 유일한 친구인 스웨덴 소녀가 그녀의 편지에 회답을 하지 않았다. 그 소녀의 보증인이 어느 날 우리가 기차간에서 서로 껴안고 있는 것을 보고선 마르트를 만나지 말라고 소녀에게 충고했다는 사실을 나는 알게 되었다.

나는 마르트로 하여금 친정에서든 남편과의 사이에서든, 만약 비극적인 사태가 일어나면 단호한 태도를 보일 것을 약속하게 했다. 집주인들의 위협, 여러 소문들 때문에 마르트와 자크 간에 말다툼이 는 것이 걱정이었다. 하지만 동시에 나는 그것을 바랐다.

마르트는 자크가 휴가 나온 동안 자기를 자주 보러 와 달라고 나에게 애원했다. 자기 남편에게 내 이야기를 해 두었다는 것이다. 나는 내가 서투르게 내 역할을 하거나 그녀 기분을 맞춰 주는 남자와 함께 있는 마르트를 보게 될 것이 두려워서 그녀의 청을 거절했다. 휴가는 십일 일 동안일 것이다. 아마도 그는 속임수를 써서 이틀을 더 머무를 방법을 찾아내리라. 마르트는 매일 나에게 편지를 쓰겠노라고 약속했다. 사흘 후에야 우체국의 유치(留置) 우편과로 갔다. 편지가 온 것이 확실할 때에 가려고 했기 때문이다. 벌써 그곳에 편지가 네 통 와 있었다. 나는 그 편지들을 받아 올 수 없었다. 증빙서류를 갖고 있지 않았기 때문이다. 유치 우편 이용은 18세 이상만 할 수 있어서, 나는 출생 신고서를 위조했기 때문에 더욱 난처했다. 나는 창구에서 우겨 댔는데, 우체국 아가씨의 두 눈에다 후춧가루라도 뿌리고, 그녀가 잡고서 나에겐 건네주려고 하지 않는 그 편지들을 뺏어 버리고 싶었다. 나는 우체국에도 알려져 있었으므로, 마침내 할 수 없이 다음 날 그 편지들을 내 부모님에게 배달해 준다는 약속을 받아 냈다.

아무리 생각해도 어른이 되려면 아직도 할 일이 많았다. 마르트의 첫 편지를 뜯어 보고, 사랑의 편지를 쓴다는 그 힘겹고 어려운 일을 그녀는 어떻게 해냈을까 하고 나는 자문해 보았다. 나는 어떤 편지든 사랑의 편지보다 쓰기 쉬운 것은 없다는 사실을 잊어버리고 있었다. 왜냐하면 그 사랑의 편지에 필요한 것은 애정뿐이니까. 그런데 나는 마르트의 편지들을 감탄하며 보았고, 내가 읽었던 편지 중에서 가장 아름답다는 말을 들어 마땅하다고 생각했던 것이다. 그렇지만 마르트는 그 편지에서 아주 평범한 이야기들과 나와 멀리 떨어져 사는 괴로움을 나에게 말했다.

이젠 내 질투심이 신랄하지 않은 것이 스스로 생각해도 놀라운 일이었다. 나는 자크를 "그녀의 남편"으로 생각하기 시작했다. 점점 나는 그 사람이 젊다는 것을 잊어버리고 그를 한 늙은이로 보고 있었다.

나는 마르트에게 편지를 써 보내지 않았다. 아무래도 너무 위험하기 때문이었다. 사실 나는 그녀에게 편지를 쓰지 않아 차라리 다행스럽게 생각했다. 모든 새로운 것 앞에서 그렇듯 편지를 잘못 쓰지나 않을까, 또는 내가 써 보낸 편지가 마르트에게 충격을 주지나 않을까, 혹은 그녀에겐 편지들이 유치하게 보이지나 않을까 하는 막연한 두려움을 느꼈기 때문이다.

나의 게으름은 마침내 마르트의 편지 한 장이 내 책상 위에서 이틀이나 방치되다가 없어져 버리는 사고를 초래하고 말았다. 그다음 날 편지는 다시 책상 위에 놓여 있었다. 그 편지가 발각된 사실은 내 계획을 망쳐 놓고 말았다. 자크의 휴가 때문에 내가 집에 오랫동안 머무르는 사실을 이용하여 내가 마르트에게서 떨어진 것처럼 가족들이 믿게 하겠다는 계획이었다. 왜냐하면 처음엔 내게 애인이 생겼다는 것을 부모에게 알려 주기 위해 허풍을 떨기조차 했지만, 이젠 그들이 그 증거를 되도록 잡지 않기를 바랐기 때문이다. 그런데 바야흐로 아버지는 내가 얌전해진 진짜 이유를 알게 되었던 것이다.

나는 그 한가한 틈을 타 또다시 미술 학교로 갔다. 왜냐하면 오래전부터 마르트를 모델로 누드를 여러 장 그리고 있었기 때문이다. 아버지가 그 사실을 알아챘는지 어쨌는지 아직 모른다. 어쨌든 아버지는 그 그림 모델이 바뀌지 않는 것을 보고 심술궂게, 그리고 또 내가 얼굴을 붉힐 정도로 놀리는 것이었다. 그래서 나는 그랑드 쇼미에르 학교에 다시 가기 시작했던 것이다. 그리고 남은 학기 습작품들을 마련해 두기 위해 열심히 공부했다. 그 습작품들은 마르트 남편의 다음 휴가 때 다시 손질할 참이었다.

나는 앙리 4세 리세에서 퇴학당한 르네를 다시 만났다. 그는 루이 르 그랑 리세에 다니고 있었다. 나는 그랑드 쇼미에르에서 공부가 끝난 다음 매일 저녁 그의 학교로 그를 만나러 가곤 했다. 우리는 몰래 자주 만났다. 왜냐하면 그가 앙리 4세 리세에서 퇴학당한 이래, 특히 나와 마르트의 이야기가 있은 이래, 이전에 나를 훌륭한 모범생으로 보던 르네 부모들은 그가 나와 만나는 것을 금지했기 때문이다.

르네는 남녀 관계에 있어 사랑이란 하나의 귀찮은 짐처럼 여겨졌기 때문에, 마르트에 대한 나의 열정에 대하여 농담을 하곤 했다. 그의 신랄한 말귀를 감당할 수가 없어, 나는 비겁하게도 진실한 사랑은 아니라고 그에게 말하고 말았다. 나에 대한 그의 찬탄은 최근에 와서 약해졌는데, 그 말 때문에 그 찬탄은 즉각 다시 증대되었다.

나는 마르트의 사랑에 마비되기 시작했다. 나를 가장 괴롭히는 것은 내 관능에 과해진 단식이었다. 나의 초조한 기분은 마치 피아노 없는 피아니스트나, 담배가 떨어진 흡연가의 기분 같은 것이었다.

르네는 내 애정을 비웃었지만, 그 역시 한 여자에게 반해 있었다. 그는 아무 애정도 없이 그녀를 사랑한다고 믿고 있었다. 그 사냥한 동물 같은 금발 스페인 아가씨는 손발을 자유자재로 어찌나 잘 구부리는지 서커스 출신임에 틀림없어 보였다. 르네는 짐짓 거리낌 없이 소탈한 체했지만 질투가 대단했다. 그는 반은 웃고 반은 창백해져서 내게 괴상한 도움을 요청했다. 중고등학교를 잘 아는 이에겐 그 도움이 전형적인 중고등학교 학생다운 짓임을 알 것이다. 말하자면 그는 그 여자가 자기를 속이고 있는지를 알고 싶어 했던 것이다. 따라서 그것을 시험하기 위해 나더러 그 여자에게 수작을 부려 보라는 것이었다.

그러한 부탁에 나는 당황했다. 내 수줍음이 고개를 들었기 때문이다. 그러나 무슨 일이 있어도 나는 겁쟁이로 보이고 싶지 않았다. 그런데 그 여자 쪽에서 궁지로부터 나를 구해 주었던 것이다. 그녀가 하도 갑작스럽게 내게 수작을 부려 왔기 때문에, 내 수줍음은 — 수줍음이란 어떤 일을 하지 못하게 하지만, 어떤 일은 어쩔 수 없이 하도록 한다. — 내가 르네와 마르트를 존중하지 않도록 했던 것이다. 적어도 나는 그녀와의 관계에서 쾌락을 얻기를 희망했다. 그러나 나는 한 상표의 담배에만 익숙해진 흡연자 같았다. 따라서 나에게는 르네를 속인 것에 대한 후회만이 남았을 뿐이다. 르네에게는 그의 정부가 내 수작을 완강히 거절하더라고 다짐해 주었던 것이다.

마르트에 대해선 아무런 양심의 가책도 느끼지 않았다. 나는 그렇게 느끼려고 무진 애썼던 것이다. 그녀가 나를 속인다면 나는 결코 그녀를 용서하지 않으리라고 혼자 말해 봤으나 소용없는 일이었다. 나는 어떻게 할 수 없는 입장이니까 말이다. "남자의 경우와 여자의 경우는 문제가 다르지." 하고 이기주의가 응답으로 쓰는 그 놀랍도록 진부한 투로 마치 변명처럼 나 자신에게 말해 줬던 것이다. 그와 마찬가지로 내가 마르트에게 편지를 써 보내지 않는 것을 아주 정당한 일이라고 생각하면서도, 만약 그녀가 나에게 편지를 써 보내지 않는다면, 나는 그녀가 나를 사랑하지 않기 때문이라고 생각했을 것이다. 그렇지만 그 경솔한 일시적인 외도는 내 사랑을 오히려 더 강하게 해 주었다.

자크는 아내의 태도를 전혀 이해할 수 없었다. 비교적 수다스러운 편이었던 마르트는 그에게 말을 건네지 않았다. 그래서 그가 "무슨 일 있어?" 하고 그녀에게 물으면 "아무 일도 없어요." 하고 그녀는 대답했다.

그랑지에 부인은 그 불쌍한 자크와 여러 번이나 다투었다. 그녀는 자크가 자기 딸을 다루는 솜씨가 서투르다고 그를 비난했으며, 그에게 자기 딸을 준 것을 후회했다. 딸의 성격이 갑작스럽게 변한 것은 자크의 서투른 솜씨 때문이라고 여겼다. 부인은 딸을 자기 집으로 데려가겠다고 했다. 자크는 그 의사에 따랐다. 그가 휴가 온 지 며칠이 지난 다음 그는 마르트를 친정으로 데려다 주었다. 그녀의 어머니는 마르트의 사소한 변덕에도 비위를 맞춰 줘서 자신도 모르게 나에 대한 딸의 사랑을 돋우어 주었다. 마르트는 그 집에서 태어났다. 따라서 물건 하나하나가 자신이 자유로웠던 행복한 시절을 환기해 준다고 그녀는 자크에게 말했다. 그녀는 소녀 시절 쓰던 자기 방에서 자기로 했다. 자크는 적어도 그 방에다 자기가 잘 침대 하나를 놓아 주기를 바랐다. 그러나 그렇게 말함으로써 그는 그녀가 히스테리 발작을 일으키게 했다. 마르트는 처녀다운 순결한 방을 더럽히는 것을 거절했던 것이다.

그랑지에 씨는 그러한 수치심은 이치에 맞지 않는다고 했다. 그러자 그랑지에 부인은 그것을 기회로 자기 남편과 사위에게, 그들은 여성의 섬세하고 미묘한 면을 이해하지 못한다고 말했다. 그녀는 딸의 정신이 그다지 자크에게 팔려 있지 않은 것에 으쓱해져 있었다. 왜냐하면 그랑지에 부인은 마르트가 자기 남편에게 주지 않는 모든 것을 어머니인 자신에게는 준다고 믿고, 딸의 섬세한 마음씨를 고귀한 것으로 여겼기 때문이다. 사실 그 마음씨는 고귀한 것이었다. 그러나 그것은 나를 향한 것이었다.

자기 몸이 아주 불편하다고 주장하는 날이면 마르트는 밖으로 나가기를 원했다. 자크는 자기와 함께 걷는 즐거움 때문에 그녀가 그러는 것이 아니라는 걸 잘 알았다. 마르트는 나에게 보내는 편지들을 아무에게도 맡길 수가 없어서 그녀 자신이 우체국으로 가서 손수 우체통에 넣곤 했던 것이다.

나는 나 자신의 침묵을 한층 더 즐겼다. 왜냐하면 그녀가 자기 남편에게 고문하는 듯한 괴로움을 주고 있다는 이야기를 써 보낸 그녀 편지에 답장을 보냈다면, 희생자인 그녀 남편을 위해 중재를 하러 나서야 했을 것이기 때문이다. 때로는 나 때문에 비롯된 그 불행이 무서웠다. 그러나 또한 어떤 때는 나에게도 마르트의 처녀성을 빼앗아 버린 자크의 죄악에 대해서는 그녀가 아무리 그를 괴롭혀도 충분히 벌줄 수 없으리라고 혼자 생각해 보곤 했다. 그러나 어느 무엇도 정열만큼 사람을 '감상적'이 아니게 하는 것은 없었으므로, 요컨대 나는 편지를 쓸 수 없다는 것을 매우 기뻐했고, 그럼으로써 마르트는 계속해서 자크를 절망케 할 수 있다는 것을 기쁘게 생각했다.

그는 용기를 잃은 채 다시 떠나 버렸다.

모두들 그러한 위기가 마르트를 둘러싼, 그녀를 안절부절못하게 하는 그 고독한 생활 때문이라고 생각했다. 왜냐하면 그녀 부모와 남편만이 그녀와 내 관계를 모르는 유일한 사람들이었기 때문이다. 집주인 가족들은 군복에 대한 존경 때문에 자크에게 감히 아무것도 말해 주질 못했던 것이다. 그랑지에 부인은 딸을 되찾은 것을, 그리고 딸이 결혼 전처럼 살게 된 것을 벌써부터 즐거워했다. 따라서 자크가 떠난 다음 날 마르트가 J로 돌아가겠다고 말했을 때, 그랑지에 부부는 놀라서 어리둥절했던 것이다.

나는 그녀가 그곳에 온 그날 당장 그녀를 만났다. 우선 나는 그에게 너무 심하게 굴었다고 슬며시 그녀를 꾸짖었다. 그러나 돌아간 자크의 첫 편지를 읽었을 때엔 당황해서 어쩔 줄 몰랐다. 그는 편지에서 이제 마르트의 사랑을 더 이상 받지 못한다면, 자살해 버리는 것이 얼마나 수월할 것인가를 말하고 있었다.

나는 그 '공갈'에서 벗어날 수 없었다. 나는 그가 죽기를 바랐던 것을 잊어버리고, 그의 죽음에 책임이 있다고 생각했다. 나는 더욱더 이해할 수 없고 더욱더 부당한 사람이 되어 갔다. 어느 쪽으로 몸을 돌려도 상처가 드러나는 것이었다. 마르트는 이젠 더 이상 자크가 희망을 갖지 않게 하는 것이 오히려 더 인간적인 것이라고 나에게 되풀이했지만 나는 들어 주질 않았다. 바로 내가 마르트로 하여금 자기 남편에게 다정하게 회답해 주도록 강요했다. 그가 여태껏 받은 그녀의 다정한 편지들은 바로 내가 그의 아내로 하여금 받아쓰게 한 것뿐이었다. 그녀는 반항하고 눈물을 흘리면서 편지를 썼는데, 나는 그녀가 내 말을 듣지 않으면 다시는 오지 않겠다고 위협했던 것이다. 자크의 유일한 즐거움이 내 덕분이라는 사실은 내 양심의 가책을 좀 가볍게 해 주었다.

'우리들의 편지'에 대한 회답으로 보내 오는 그의 편지에 넘쳐흐르는 그의 희망을 엿보고 나는 자살하고 싶어 하는 그의 욕구라는 것이 얼마나 피상적인지 알 수 있었다.

나는 불쌍한 자크에 대한 내 태도가 참으로 훌륭하다고 생각했다. 사실은 이기주의에서, 또 양심상 죄짓는 것이 겁이 나서 그렇게 행동한 것인데 말이다.

그러한 극적인 사태에 뒤이어 행복한 시기가 찾아왔다. 그러나 아아! 행복은 일시적인 것이구나라는 생각은 여전히 남아 있었다. 그것은 나의 나이와 무기력한 기질 때문이었다. 내겐 아무런 의욕이 없었다. 마르트는 아마도 나를 잊고 아내 위치로 되돌아갈지도 모르니 그녀로부터 도망칠 의욕도, 자크를 죽음으로 몰아넣을 의욕도 없었다. 따라서 우리의 결합은 평화와 전쟁을 끝낸 군대의 귀환에 좌우되는 것이었다. 자크가 자기 아내를 쫓아내면 그녀는 내 곁에 남을 것이다. 그가 자기 아내를 데리고 있다면 내가 강제로 그에게서 그녀를 뺏을 수는 없으리라고 생각했다. 우리의 행복이란 모래 위 누각과 같았다. 그러나 이곳의 조수(潮水) 시간이 정해진 것은 아니니, 밀물이 가급적 아주 늦게 들어오기를 나는 바랐다.

이제는 매우 명랑해진 자크는 마르트가 J로 들어간 것을 불만스럽게 여기는 그녀 어머니에 대해 그녀를 옹호해 주었다. 게다가 자기 딸이 돌아간 사실은, 화가 치민 그랑지에 부인으로 하여금 어떤 의심을 품게 해 주었던 것이다. 그 외 또 다른 일도 그녀는 수상쩍게 여겼다. 마르트는 친정, 더욱이 시집의 빈축을 사면서까지 하인을 집에 두기 싫어하는 것이었다. 그러나 내가 마르트를 통해 자크를 납득시켰기 때문에 우리 편이 되어 버린 그에 대하여, 그녀 부모나 시부모가 무슨 일을 할 수 있단 말인가!

J의 사람들이 그녀를 공격하기 시작한 것은 바로 그때부터였다.

집주인들은 그녀에게 이젠 말도 건네려 하지 않았다. 아무도 그녀에게 인사를 하지 않았다. 단지 상인들만 직업상 교만한 태도를 취하지 않을 뿐이었다. 따라서 마르트는 때때로 이야기를 나누고 싶어질 땐 가게에서 늑장을 부리곤 했던 것이다. 내가 그녀 집에 있을 때, 그녀가 집을 비우고 우유나 과자 등을 사러 나가서 오 분 이상이나 지나도록 돌아오지 않으면, 나는 그녀가 전차에 치인 것이 아닌가 상상하면서 우유 가게나 과자 가게로 부리나케 달려가곤 했다. 그러면 그녀는 상점에서 상점 사람들과 이야기를 하고 있는 것이었다. 그녀가 나를 안절부절못하게 하는 그런 불안 속에 내버려 뒀다는 사실에 미칠 듯해서 나는 그녀가 밖으로 나오자마자 화를 내곤 했다. 가게 주인들과 이야기하는 데 재미를 붙이는 것은 천한 취미라고 그녀를 꾸짖었던 것이다. 가게 주인들은 그들대로 내가 이야기를 중단시켰으므로 나를 미워했다.

궁중 에티켓은, 귀족 사회의 모든 것이 그렇듯 매우 간단한 것이다. 그러나 소시민들의 예의범절은 이상야릇한 면에 있어선 다른 어느 것과도 비교할 수 없었다. 상석권(上席權)에 대한 그들의 미치광이 같은 생각은, 우선 나이에다 토대를 둔다. 늙은 공작 부인이 어느 젊은 제후에게 절을 하는 것보다 그들을 분개시키는 일은 없을 것이다. 따라서 장난꾸러기 아이가 와서 자기네와 마르트의 친숙한 관계를 가로막는 것을 보고 느꼈을 과자 가게 주인과 우유 가게 주인의 증오를 짐작할 수 있는 것이다. 그렇게 이야기를 나눔으로써 그들은 그녀를 크게 용서해 주고 싶은 마음이 들었을지도 모를 일인데 말이다.

집주인에게는 스물두 살 된 아들이 있었다. 그는 휴가를 얻어 집에 와 있었다. 마르트는 그를 초대하여 차를 대접했다.

그날 저녁 집주인의 화난 목소리를 들었다. 세 든 여자를 다시 만나지 말라고 아들을 야단치는 소리였다. 무슨 짓을 해도, 그래선 안 된다고 아버지에게 야단맞아 본 적이 없는 데 길이 든 나는 그 얼간이가 부모 말에 복종하는 것에 무엇보다도 놀랐다.

다음 날 우리가 정원을 지날 때 그는 삽질을 하고 있었다. 틀림없이 벌을 받고 있는 모양이었다. 어쨌든 그는 좀 어색했는지, 머리를 돌리고 인사를 않는 것이었다.

그런 자질구레한 싸움은 마르트를 괴롭혔다. 이웃 사람들에게 마음을 쓴다고 행복을 얻는 건 아니라는 것을 알 만큼 충분히 총명하고, 몹시 나를 사랑하던 마르트였지만, 그녀는 마치 진실한 시(詩)란 '저주받은' 것이라는 사실을 알고 있으며, 그렇다고 확신하고 있는데도 자기들이 경멸하는 인간들로부터 호평을 받지 못하는 것을 이따금 괴로워하는 저 시인들과 같았던 것이다.

내 사랑의 모험에는 늘 면의회 의원이 한몫 끼었다. 마르트
네 바로 아래층에서 살던 마랭 씨는 회색빛 감도는 수염에 기
품 있는 체구의 노인으로 J 면의 옛 면의회 의원이었다. 전쟁
직전에 은퇴했으나, 자기 손이 미치는 한 기회가 오면 조국에
봉사하고자 했다. 그는 면 행정을 못마땅하게 여기는 것으로
만족하면서 자기 아내와 살고 있었다. 그리고 신년이 가까울
때에나 사람들을 집에 맞이하거나 남의 집을 방문하면서 지
냈던 것이다.

며칠 전부터 밑에서 야단법석을 떨었다. 우리 방에선 아래
층에서 나는 아주 작은 소리도 들려왔으므로, 그 소리는 한층
더 똑똑히 들렸다. 마룻바닥에 밀초를 먹여 닦는 일꾼들이 왔
다. 그 집 하녀는 집주인네 하녀의 도움을 받으며 정원에서 은
그릇들을 닦고 구리 촛대에 낀 녹을 빼냈다. 우리는 우유 가게

아낙네로부터, 마랭네 집에서 비밀스러운 명목으로 놀라운 큰 파티가 준비되고 있다는 것을 알았다. 마랭 부인은 면장을 초대하러 가서는 우유 8리터 배급을 허락해 달라고 간청했다. 면장은 그 우유 가게 아낙네에게도 크림 만드는 것을 허락할까?

허가가 내려지고 파티 날이(금요일이었다.) 되자 명사 열다섯쯤이 시간을 맞춰 부부동반으로 나타났다. 부인들은 모유 먹이기 협회, 혹은 상이군인 원호회의 발기인들로, 그중 한 사람이 회장이었고, 다른 부인들은 회원들이었다. 그 집 여주인은 '점잔을 부리느라고' 문 앞에 나와서 손님들을 영접했다. 그녀는 파티의 비밀스러운 여흥을 이용해 자기네가 주최한 이 파티를 각자가 자기 먹을 것을 지니고 오는 피크닉으로 바꾸어 버렸던 것이다. 거기에 오는 부인들은 절제를 장려하는 사람들이었으므로 제각기 독특한 요리법을 창안했다. 따라서 그들이 가져온 과자들이란 밀가루를 넣지 않은 케이크라든가 식용 이끼가 든 크림 같은 것들이었다. 찾아오는 여자 손님마다 마랭 부인에게 이렇게 말했다. "볼품은 없지만요, 맛은 좋을 겁니다."

마랭 씨는 이 큰 파티를 이용해서 '정계로의 복귀'를 준비했다.

그런데 그 놀라운 여흥의 대상이 나와 마르트였던 것이다. 내가 기차에서 사귄 친구가, 명사의 아들인데, 너그럽게도 그 비밀을 나에게 말해 준 것이다. 마랭 집 사람들의 오락이란, 오후가 지나 저녁이 될 무렵, 우리 방 아래 자리를 잡고 우리들이 애무를 하면서 내는 소리를 엿듣는 일이었다는 것을 알았을 때, 나의 놀라움이 어떠했을지를 상상해 보라.

틀림없이 그들은 그런 엿듣는 짓에 재미를 붙였을 것이고, 그들의 재미있는 일을 공개하고 싶어 했던 것이다. 물론, 존경받을 만한 마랭 씨 부부의 일이기에 그 음탕한 짓에도 도덕적인 의미를 갖게 했던 것이다. 그들은 자기들의 격분을 그 고장에서 점잖은 사람으로 여겨지는 모든 사람들과 함께 나누고 싶었다.

손님들은 자리에 앉았다. 마랭 부인은 내가 마르트 방에 와 있는 것을 알고는 그녀 방 아래에다 식탁을 차려 놓았던 것이다. 마랭 부인은 안절부절못했다. 그녀는 상연을 알리기 위한 무대 감독의 단장 하나를 몹시 갖고 싶어 했을 것이다. 자기 가족을 장난 삼아 속여 넘기고, 또래에 대한 연대의식 때문에 감행한 그 젊은이의 비밀 누설 덕분에 우리는 침묵을 지키고 있었다. 나는 그 피크닉 식 파티의 동기를 마르트에게 차마 말 못 했다. 나는 괘종시계 바늘에 시선을 준 채로 일그러져 있을 마랭 부인의 얼굴과 그 집 손님들이 초조해하는 모습을 머릿속에 그려 보았다. 마침내 7시쯤 되자, 실속 없이 돌아가게 된 그 부부들은 마랭 씨 부부를 사기꾼들이니, 나이가 일흔이나 된 그 불쌍한 마랭 씨를 출세주의자니 하고 낮게 수군대면서 물러갔다. 이 미래 면의회 의원은 사람들에게 허황된 약속을 했다. 그리고 그 약속을 이행치 못했으니 이제는 의원 당선은 기대조차 않게 되었다. 마랭 부인에 대한 그 부인들의 생각은 이 파티가 그녀에게는 디저트를 마련해 두기 위한 하나의 좋은 기회였다는 것이다. 면장도 몸소 몇 분 동안 얼굴을 나타냈다. 얼굴을 내밀어 준 그 몇 분 동안과 허락해 준 8리터 우유는 초등학교 선생인 마랭 씨 딸과 그 면장의 사이가 대단히 좋다는 소문이 나게 했다. 마랭 양의 결혼은 빈축을 샀었는데, 그 이유는 그녀가 학교 선생답지 못하게 순경과 결혼을 했기 때문이었다.

나는 그 노부부가 자기 손님들에게 간절히도 들려 주고 싶어 했을 소리를 이제야 그 노부부가 들을 수 있도록 깜찍한 장난을 했다. 마르트는 나의 그런 뒤늦은 정열을 보고 놀랐다. 더 이상 참을 수가 없었던 나는 그녀를 괴롭힐 위험을 무릅쓰고 아래에서 있었던 그 큰 파티의 목적이 무엇이었는지 말해 주었다. 우리는 눈물이 날 정도로 함께 웃어 댔다.

내가 그 계획에 도움을 줬더라면 아마도 관대했을지 모를 마랭 부인은, 그러한 실패를 가져 오게 했던 우리를 용서할 수가 없었다. 그 실패는 그녀에게 증오심을 품게 했다. 그러나 그녀는 그 증오심을 풀어 버릴 방법을 찾아내지 못했으며, 그렇다고 감히 익명의 편지를 이용할 생각도 못 해서 증오심을 풀 길이 없었다.

5월이 되었다. 나는 마르트 집에서 그녀를 전처럼 빈번히 만나질 않았다. 그녀 방에 아침까지 있을 수 있게 해 줄 거짓말을 우리 집에다 꾸며 댈 수 있을 때에만 그녀 집에서 자곤 했던 것이다. 나는 일주일에 한두 번 그런 거짓말을 꾸며 댔다. 내 거짓말이 늘 성공하자 나는 놀랐다. 사실 아버지는 내 말을 믿지 않았다. 엄청난 관대함으로 눈감아 준 것인데, 내 동생들과 하인들이 사실을 모르도록 하기 위해서였던 것뿐이다. 따라서 세나르 숲에 산책 간다던 날처럼 내가 새벽 5시에 떠난다고만 말하는 것으로 충분했던 것이다. 그러나 어머니는 이제 점심 바구니를 준비하지 않았다.

아버지는 모든 것을 견뎌 내고 있었다. 그러던 중 아버지는 갑자기 분개하면서 나의 게으름을 책망하는 것이었다. 그런 바탕의 격분은 맹위를 떨치다가 마치 파도처럼 곧 가라앉곤 했다.

사랑보다 더 사람의 마음을 빼앗는 것은 없다. 사랑에 빠지면 게을러지는 것이므로, 게으름뱅이라고 할 수는 없는 것이다. 사랑은 기분전환을 위한 유일한 실제적 약이라는 사실을 막연히 느낀다. 따라서 사랑은 일을 하나의 라이벌로 생각한다. 그러나 사랑은 어떠한 라이벌도 견디고 받아들이질 못한다. 하지만 사랑은 땅을 비옥하게 하는 부드러운 가랑비처럼 유익한 게으름인 것이다.

젊은 시절이 어리석다면 그런 게으름을 피워 보지 못했기 때문이다. 우리 교육 제도를 약화하는 것은 그 교육이 수많은 사람들을 상대로 한 까닭에, 평범한 자들을 대상으로 삼은 데 있다. 진행 중인 정신에 있어 게으름이란 존재하지 않는 것이다. 어떤 목격자의 눈에는 공허한 날들로 보였을 저 길고 긴 나날에서보다 더 많은 것을 배운 일이 나는 결코 없는 것이다. 그러나 나는 그 하루하루들을 보내며 마치 벼락부자가 식탁에서 자신의 어색한 몸가짐을 관찰하듯 나의 미숙한 마음을 관찰했던 것이다.

내가 마르트 집에서 자지 않을 때는 거의 매일 우리는 저녁을 먹은 다음, 11시가 될 때까지 마른 강을 따라 산책을 하곤 했다. 내가 아버지의 보트 줄을 풀어 내면 마르트는 노를 저었다. 나는 그녀의 무릎을 베고 누워 있었다. 나는 그녀가 노 젓는 데 방해가 되었다. 별안간 노의 자루가 내 몸에 부딪히자 이런 산책이 일생 동안 계속되진 않으리라는 생각이 머리에 떠오르는 것이었다.

사랑이란 그 더할 나위 없는 행복을 나누어 갖기를 원한다. 그리하여 아주 냉정한 정부(情婦)도 다정해져 이쪽에서 편지를 한참 쓰는 동안 목에다 키스를 하며 갖은 아양을 떨어 대는 것이다. 나도 그녀가 무슨 일에 열중해서 나를 소홀히 할 때만큼 마르트에게 키스하고 싶은 욕망을 느껴 본 적이 없었고, 그녀가 머리를 치장할 때만큼, 그녀의 머리칼을 잡아 헝클어 놓고 싶은 마음을 그토록 강렬하게 느낀 적이 없었다. 보트에서 내가 그녀에게 달려들어 키스를 퍼붓는 통에 그녀는 그만 노를 놓아 버리고 말았으며, 배는 수초와 희고 노란 수련화에 얽혀 표류하게 되었다. 무엇보다도 그녀를 방해하고 싶은 아주 강한 괴벽이 나를 그렇게 만들었는데, 그녀는 그런 행동을 억제할 수 없는 정열의 표시로 보았던 것이다. 이어서 우리는 보트를 키 큰 덤불들이 있는 수풀 뒤에다 매어 놓았다. 남의 눈에 띄지나 않을까, 배가 뒤집히지나 않을까 하는 두려움은 나에게 오히려 우리 사랑 놀이가 훨씬 관능적으로 느껴지게 해 주었던 것이다.

따라서 내가 마르트 집에 가 있는 것을 대단히 곤란하게 만드는 그 집주인 식구들의 반감에 대해 하등 투덜댈 필요가 없었다.

내 입술 외엔 결코 다른 입술이 닿은 적이 없다고 그녀로 하여금 맹세케 한 다음, 그녀 피부의 한 구석에 키스하고는 자크도 그렇게 할 수 없었던 정도로 그녀를 소유하고 있다는 나의 소위 그 고정 관념은 알고 보면 방탕에 불과한 것이었다. 그런 사실을 나는 솔직히 인정했던가? 모든 사랑은 나름의 청춘기와 중년기, 그리고 노년기를 내포하고 있다. 무엇인가 기교의 도움 없이는 사랑이 이젠 나를 만족시키지 못하는 그 마지막 단계에 벌써 다다르고 있었는지도 모르겠다. 왜냐하면 나의 관능적인 쾌락은 습관에 의지했지만, 그 습관에 수많은 하찮은 일들이나 가벼운 수정이 가해지면, 그 쾌락은 생기를 띠곤 했기 때문이다. 그와 같이 중독자들이 황홀경을 발견하는 것은 우선, 곧 치사량이 될 수 있을 정도로 복용량을 늘리는 데서가 아니라, 시간을 바꾼다든가 신체 조직이 어리둥절하도록 속임수 같은 것을 쓰든지 하는, 자신이 만들어 낸 리듬 속에서 발견하게 되는 것이다.

나는 내가 몹시 좋아하는 마른 강 왼쪽 기슭을 바라보기 위해, 아주 다른 그 강 반대편 기슭을 자주 드나들곤 했다. 내가 좋아하는 왼쪽 기슭을 한가한 사람들이 차지한 데 반해, 오른쪽 기슭은 채소를 재배하는 사람들과 농부들이 살고 있어서 부드러움이 덜했다. 우리는 배를 나무에 비끄러매고 나서는 밀밭 한가운데 가서 누워 있곤 했다. 밀 이삭들은 저녁 산들바람에 한들거렸다. 우리 이기주의는, 그 숨는 구석에서 마치 우리 사랑의 안락함이 자크를 희생한 것과 마찬가지로, 밀 이삭들을 희생하면서 그 피해를 생각하지 않고 있었던 것이다.

일시적이다라는 느낌이 향수(香水)처럼 내 관능을 자극했다. 애정도 없는 아무 여자와의 관계에서나 경험하는 쾌락과도 같은 한층 야수적인 쾌락을 맛보고 나니, 그 외 다른 쾌락은 맛이 없어지고 말았다.

나는 벌써 깨끗한 시트가 깔린 침대에서 혼자 느끼는 편안함과 정결하고 자유로운 수면의 진가를 높이 평가하고 있었던 것이다. 나는 조심해야 한다는 이유로 이젠 마르트 집에서 밤을 보내지 않았다. 그녀는 나의 강인한 성격에 탄복해 마지 않았다. 그리고 잠에서 깨어날 때 내는 여자들의 천사 같은 목소리가 나를 짜증나게 하는 것이 또한 나는 싫었던 것이다. 여자들은 타고난 연극 배우들이어서, 매일 아침 저세상에서 나오는 듯 꾸며 대곤 하는 것이었다.

나는 자신의 비판과 가식을 스스로 꾸짖으며, 마르트를 내가 전보다 더 사랑하는지 또는 덜 사랑하는지 자문해 보면서 며칠을 보냈다. 내 사랑은 모든 것을 버무려서 억지를 쓰고 궤변을 부렸다. 나는 마르트의 말에 보다 깊은 뜻을 부여한다고 믿고서 그 말귀들을 잘못 해석한 것과 마찬가지로 그녀의 침묵에 대해서도 오해했던 것이다. 나는 늘 그렇다고 잘못 생각했는지! 뭐라고 표현할 수 없는 어떤 충격이 우리 생각이 합당하다는 것을 알려 주었으니 말이다. 내 쾌락과 고민은 한층 더 강렬해졌다. 그녀 곁에 누워 있으면 집에 가서 혼자 눕고 싶은 욕망이 항상 나를 사로잡는 것을 보니, 그녀와 함께 산다는 것을 견딜 수 없어지리라는 것을 예측할 수 있었다. 한편 나는 마르트 없이 산다는 것 또한 상상할 수 없었다. 나는 간통의 형벌을 비로소 알기 시작했던 것이다.

나는 우리가 서로 사랑하기 전에 자크의 집을 내 멋대로 꾸미는 데 동의한 그녀를 원망했다. 그 가구들은 나에게 추악한 것으로 보였다. 그것들은 내 기쁨을 위해서 내가 고른 것이 아니라 자크의 마음을 거스르기 위해 고른 것들이었기 때문이다. 나는 그 가구들에 싫증이 났으나, 변명의 여지가 없었다. 나는 마르트가 혼자 고르도록 놔두지 않았던 것을 후회했다. 처음엔 틀림없이 마르트가 고른 가구들이 내 마음에 들지 않았을 것이다. 그러나 그녀에 대한 사랑 때문에 내가 그 가구들에 익숙해진다는 것은 얼마나 매력적인 일이었겠는가! 그러한 익숙해진다는 특권이 자크에게로 돌아간다는 사실을 나는 질투했다.

내가 마르트에게 "우리가 함께 살게 되면 이 가구들을 치워 버렸으면 좋겠어." 하고 비통한 어조로 말했을 때 마르트는 순진하게 두 눈을 크게 뜨고 나를 바라보았다. 그녀는 내가 말하는 것은 무엇이건 존중했다. 그 가구들을 고른 것은 바로 나 자신이었다는 것을 내가 잊어버린 줄로만 믿고 그녀는 감히 나에게 그 사실을 일깨워 주려 하지를 않았다. 그녀는 내 기억력이 나쁘다는 것을 속으로만 한탄했던 것이다.

6월 초 마르트는 자크로부터 편지 한 통을 받았다. 그 편지에서 그는 마침내 처음으로 그녀에 대한 자기 사랑 외의 것을 썼다. 그는 병을 앓고 있었던 것이다. 그는 부르주 병원으로 이송된다고 했다. 나는 그가 병을 앓는다는 사실을 알고 즐겁지는 않았으나, 그에게 무엇인가 의논할 이야기가 있는 것 같아 보여 내 마음의 부담을 덜어 주었다. 다음 날이나 그 다음 다음 날에 J 역을 지나니 플랫폼에서 자기가 탄 기차를 기다려 달라고 마르트에게 그는 간청했던 것이다. 마르트는 그 편지를 나에게 보여 주고 나의 지시를 기다렸다.

사랑은 그녀에게 노예근성을 부여해 준 것이다. 따라서 다짜고짜 미리 그렇게 복종하려 드는 그녀 앞에서 하라 마라 한다는 것이 나는 힘들 수밖에 없었다. 내 침묵은 내 동의를 뜻했다. 몇초 동안 그녀가 자기 남편을 보는 것을 내가 어떻게 막을 수 있단 말인가? 그녀도 나와 마찬가지로 침묵을 지켰다. 결국 일종의 무언의 협약이 성립됨으로써, 그다음 날 나는 그녀 집에 가지 않았다.

그 다음다음 날 아침, 심부름꾼 하나가 꼭 나에게만 전하겠다는 쪽지를 집에 있는 나에게 가져다주었다. 마르트에게서 온 것이었다. 강가에서 나를 기다리겠다는 것이다. 아직도 자기에게 애정이 있다면 제발 와 달라는 사연이었다.

나는 마르트가 앉아서 나를 기다리고 있는 벤치까지 뛰어갔다. 그녀의 인사는 그녀가 보낸 호소조의 쪽지 내용과는 전혀 다르게 냉정해서 나를 얼어붙게 했다. 나는 그녀의 마음이 변했다고 생각했다.

다만 마르트는 전전날의 내 침묵을 반대의 침묵으로 생각했던 것이다. 그녀는 무언의 협약 같은 것을 조금도 생각하지 않았던 것이다. 여러 시간 동안 불안해하던 차에 살아 있는 나를 보자 불만이 솟구친 것이다. 왜냐하면 오직 내가 죽었어야만 어제 그녀를 보러 가지 못하게 할 수 있으리라고 생각했다는 것이다. 나는 내 놀라움을 감출 길이 없었다. 나는 조심성 있게 삼가는 마음으로, 병든 자크에 대한 아내의 의무를 이행하는 데 대해서 존중을 해 줬다고 그녀에게 설명해 주었다. 그녀는 내 말을 믿는 둥 마는 둥 했다. 나는 울화가 치밀었다. 그래서 하마터면 "이번엔 거짓말을 하지 않는 거야…….' 하고 말할 뻔했다. 우리는 함께 울었다.

그러나 이러한 혼잡한 체스 승부는 두 사람 중 어느 하나가 바로잡지 않는다면 끝나지 않고 다만 지쳐 버릴 뿐인 것이다.

요컨대 자크에 대한 마르트의 태도는 내 기분을 맞춰 주기 위한 것이 아니었다. 나는 키스하며 그녀를 달래 주었다. "침묵이 우리에겐 잘 맞지 않아." 하고 나는 말했다. 우리 서로가 마음속 비밀을 아무것도 숨기지 않기로 약속했는데, 나는 그것이 가능하다고 믿는 그녀가 좀 가엾게 여겨졌다.

J에서 자크는 눈길로 마르트를 찾았다. 그리고 이어 기차가 자기 집 앞을 지날 때 그는 자기 집 덧문들이 열려 있는 것을 보았다. 그는 편지에서 자기가 안심하도록 해 달라고 그녀에게 애원했다. 그는 부르주에 와 달라고 그녀에게 청했다. "가봐야지." 하고 그 짧은 말귀에서 비난의 기색이 풍기지 않도록 나는 말했다.

"당신이 함께 간다면 나도 가지." 하고 그녀는 말했다.

그것은 너무나 지나친 무분별한 짓이었다. 그러나 그런 아주 불쾌한 그녀의 말이나 행동 들이 나에 대한 사랑의 표현이라고 여겨지자, 내 화는 곧 그녀에 대한 감사의 감정으로 바뀌는 것이었다. 나는 불끈 화를 냈다가 마음을 가라앉혔다. 나는 그녀의 순진함에 감동해 그녀에게 부드럽게 말해 주었다. 나는 그녀를 마치 달을 쳐다보고 그 달을 갖다 달라고 조르는 어린아이 다루듯 했던 것이다.

나와 함께 그녀가 병원에 간다는 것이 얼마나 비도덕적인가를 나는 그녀에게 밝혀 주었다. 내 대답이 모욕당한 애인처럼 격렬한 것이 아니었기 때문에, 그 효력은 더욱 효과가 있었다. 처음으로 그녀는 내가 '도덕'이라는 말을 하는 걸 들었던 것이다. 그 단어는 아주 적절히 사용된 것이었다. 왜냐하면 마음씨가 나쁘지 않은 사람인 그녀는 우리 사랑의 도덕성에 대해 나처럼 극심한 의혹의 고비를 여러 번 겪었을 것이 틀림없기 때문이다. 내가 그 말을 하지 않았다면 더할 나위 없는 부르주아적 편견에 대해 반항을 하긴 해도 원래 극히 부르주아적인 그녀는 나를 비도덕적인 인간으로 생각했을지도 모를 일이다. 그러나 실은 그 반대였다. 왜냐하면 처음으로 나는 그녀에게 경계하도록 주의를 시켰고, 그것은 우리가 아무런 나쁜 짓도 하지 않고 있다고 그때까지 내가 생각하고 있었다는 증거였으니까.

마르트는 그 위태로운 일종의 신혼 여행을 못 하게 되는 것을 아쉬워했다. 그러나 이제 와선, 그것이 불가능하다는 것을 알게 되었다.

"그럼 내가 가지 않는 것도 허락해 줘야죠." 하고 그녀는 말했다.

가볍게 말해 버린 그 '도덕'이라는 단어는 나를 그녀 양심의 지도자로 만들어 버렸다. 새로운 권력에 도취된 폭군들처럼 나는 그 말을 남용했던 것이다. 권력이란 그것을 옳지 못하게 행사할 때에만 표면에 나타나는 것이다. 그래서 나는 그녀가 부르주에 가지 않는 것이 아무런 죄도 되지 않는다고 대답했다. 나는 그녀를 납득시킬 수 있는 이유들을 말해 주었다. 즉 여행의 피곤함이라든가, 자크가 곧 회복될 것이라든가 하는 등을 말이다. 그런 이유들은 자크에 대해서는 아니더라도 최소한 그녀 시집 식구들에 대해선 그녀의 행동을 정당화할 수가 있었던 것이다.

내 기분에 맞춰 마르트를 이끌어 왔기 때문에, 나는 그녀를 차츰차츰 나와 같은 모습으로 만들어 놓고 말았다. 바로 그 점에 대해 나는 자책을 했고, 또한 그것이 우리들의 행복을 의식적으로 파괴했다. 그녀가 나와 닮았다는 것, 게다가 그것은 내 작품이라는 사실들이 나를 즐겁게도 해 주고, 또한 화나게도 했다. 나는 거기에서 우리가 화합하는 하나의 원인을 발견했다. 그리고 또한 미래에 일어날 파란의 원인이 될 요소도 역시 거기에서 판별해 냈던 것이다. 실상 나는 결단력 없는 내 성격을 그녀에게 조금씩 옮겨 준 셈이어서, 결단을 내려야 할 때에 그녀가 아무런 결단도 내리지 못하게 했던 것이다. 나를 닮아 결단력 있는 행동을 못 하고, 다른 아이들은 바닷물에서 저 멀리 떨어진 곳에 성을 쌓느라고 서두르는 동안, 그녀는 자기가 쌓아 놓은 모래성을 바닷물이 무너뜨리지 않아 주었으면 하고 기대하는것을 나는 느낄 수 있었다.

그런 정신적 유사성은 육체적인 외관에까지 번졌다. 눈매와 걸음걸이에서였다. 즉 모르는 사람들은 우리를 종종 남매로 보았다. 우리 사이에 존재하는 어떤 유사한 싹을 사랑이 발전시켰기 때문이다. 그러나 하나의 몸짓, 하나의 억양으로 봐서 아무리 조심을 해도 연인 사이라는 사실은 곧 드러나고 마는 것이었다.

이성(理性)이 알지 못하는 제 나름의 도리가 마음에 있다면, 그 이성이 우리 마음보다 이치에 맞지 않다는 것을 인정해야 한다. 물론 우리 인간은 모두 나르키소스[16]로서 자기 모습을 사랑하거나 미워하거나 하지만, 자기 모습 외 다른 모습에 관해선 무관심한 것이다. 바로 이러한 유사 본능이 우리 삶을 인도하고, 어떤 하나의 풍경, 하나의 여인, 하나의 시(詩) 앞에서 "정지!" 하고 외치는 것이다. 우리들은 그러한 충동을 느끼지 않고도 다른 풍경, 여자, 시 등에 감탄할 수도 있다. 그러나 유사 본능만이 오직 인위적이지 않은 행동방침이 되는 것이다. 하지만 우리 사회에선 마음이 비천한 인간들만이 항상 똑같은 유형만 좇아서, 도덕에 반하는 죄를 범하지 않는 것처럼 보일 것이다. 그리하여 흔히 가장 깊은 유사함이란 가장 신비로운 것이라는 사실을 모르고서 어떤 남자들은 '금발 여자들'에 열중하는 것이다.

---

16) 물에 비치는 자기 모습에 반해서 물에 빠져 죽어 수선화가 되었다는 미소년. 그리스 신화에 등장한다.

며칠 전부터 마르트는 슬퍼하는 기색은 없었으나 얼빠진 사람 같았다. 그녀가 슬퍼하며 얼이 빠져 있었다면, 7월 14일이 가까워서 걱정하는 것이구나 하고 이해할 수 있었을 것이다. 그날엔 그녀가 시집 식구들과 함께 회복되어 가는 자크를 라망쉬 해변에서 만나기로 했기 때문이다. 이번엔 마르트가 입을 다물고 있었고, 내 목소리에도 깜짝 놀라는 것이었다. 그녀는 참아 낼 수 없는 것을 참고 있었다. 즉 친정 방문, 모욕, 친정 어머니가 하는 귀에 거슬리는 신랄한 암시, 믿지는 않으면서도 혹시 자기 딸에게 애인이나 하나 생기지 않았나 하고 추측해 보는 마음 좋은 친정 아버지, 그런 모든 것들을 그녀는 견딜 수 없었다.

　어찌하여 그녀는 그 모든 것을 참고 있었을까? 아무것도 아닌 것들을 너무 중대시하고 괴로워한다고 그녀를 책한 내 훈

계의 결과였을까? 그녀는 행복해 보였다. 하지만 그것은 이상한 행복으로, 그녀는 그것을 거북하게 느끼는 것 같았다. 그리고 나는 그 행복을 나눌 수가 없었기 때문에 나에게도 불유쾌한 것이 되었다. 나의 침묵에 대해 무관심해진 증거라고 말하는 마르트를 어린아이 같다고 했던 내가, 이번엔 그녀가 입을 다물고 있다고 이젠 나를 사랑하지 않는 증거라고 비난했던 것이다.

마르트는 자기가 임신 중이라는 것을 차마 나에게 알려 주지 못하고 있었던 것이다.

나는 그 소식을 듣고, 내가 행복한 것처럼 보이는 것이 좋을 거라고 생각했다. 그러나 그 소식은 우선 나를 몹시 놀라게 했던 것이다. 어떤 일이든 간에 책임질 수 있는 사람이 되리라고 결코 생각해 본 일이 없는 내가 감당할 수 없는 최악의 것을 책임지게 되었던 것이다. 그런 일쯤은 간단하다고 생각할 만큼 어른이 되지 못한 자신에 대해 나는 또한 화가 났다. 마르트는 어쩔 수 없이 말을 했을 뿐이다. 그녀는 우리를 보다 가깝게 해 줘야 할 순간이 우리를 갈라 놓을까 겁이 나서 떨었다. 그러나 내가 기뻐하는 흉내를 너무도 잘 해내서 그녀의 두려움은 사라져 버렸다. 그녀는 부르주아 도덕의 깊은 흔적을 간직하고 있었다. 따라서 이 아이는 하느님이 우리 사랑을 보상해 주는 것을 의미하지, 어떤 죄를 벌하는 것을 의미하지 않는다고 그녀는 믿었다.

마르트는 이젠 자신이 임신한 이상 내가 자기로부터 결코 떠나지 않으리라고 생각했다. 그러나 실상 그녀의 임신은 나를 아연실색케 했던 것이다. 우리 나이에 우리 젊음을 구속하는 아이를 갖는다는 것은 있을 수 없는 일이며, 부당한 일처럼 생각되었다. 처음으로 나는 돈 걱정을 했다. 우리들은 가족에게서 버림을 받을지도 모를 일이었기 때문이다.

그 아이를 이미 사랑하던 나는, 바로 그 사랑 때문에 그 아이를 거부했던 것이다. 그 아이의 비극적인 삶을 책임지고 싶지 않았던 것이다. 나 자신이라도 그러한 삶을 살아 나갈 수는 없을 것이기 때문이다.

본능은 우리들의 안내자다. 그 안내자는 우리를 파멸로 이끌어 간다. 어제 마르트는 임신이 우리를 서로 갈라 놓지 않을까 두려워했다. 일찍이 그런 적이 없을 만큼 나를 사랑하는 오늘에 와선 나의 사랑이 자기 사랑처럼 깊어진다고 믿었다. 어제 그 아이를 거부하던 내가 오늘은 그 아이를 사랑하기 시작했다. 그리고 우리가 처음 사귀었을 때, 다른 사람들로부터 빼앗아 온 내 마음을 마르트에게 줬던 것과 마찬가지로 마르트에게 주던 사랑을 떼어다 그 아이에게 쏟아 주기 시작했던 것이다.

지금은 마르트의 배에 내 입을 갖다 대면서도 이젠 그녀에게가 아니라 내 자식에게 키스해 주는 것이었다. 아아! 마르트는 이젠 나의 애인이 아니라, 한 어머니였던 것이다.

이제 나는 결코 마치 우리 둘만 있는 것처럼 행동하지 않았다. 우리 곁에는 늘 증인이 하나 있었고, 우리는 그에게 우리 행동을 보고해야만 했기 때문이다. 마르트 혼자만 책임을 져야 한다고 여겨지는 그러한 급작스러운 변화를 나는 쉽사리 용서하려 들지를 않았던 것이다. 그렇지만 그녀가 나를 속인 것이었다면 나는 그녀를 더욱 용서하지 않으려 했을 것이다. 어떤 때엔 나는 마르트가 우리 사랑을 좀 더 지속하기 위해서 거짓말을 하는 거라고 생각해 보기도 했으며, 게다가 그 아이가 내 자식이 아니라고도 생각해 보았던 것이다.

안정을 되찾으려는 환자처럼 나는 어느 쪽으로 내 몸을 돌려야 할지를 몰랐다. 나는 이젠 그 전과 같이 마르트를 사랑하는 게 아니라고 느꼈고, 나의 아들은 자크의 아들이 된다는 조건에서만 행복하게 살아갈 수 있으리라고 느꼈던 것이다. 물론 그러한 기만 술책은 나를 깜짝 놀라게 했다. 그렇지 않으면 마르트를 포기해야만 할 것이다. 한편 내가 어른이라고 생각해 봤자 소용없는 일이었다. 현실의 사태는 너무나 중대해서, 그러한 당치 않은 생활(그 당시 나는 현명한 생활이라고 생각했지만)이 가능할 것이라고 믿을 수 있을 정도로 뽐낼 형편이 아니었기 때문이다.

왜냐하면 자크는 결국 돌아올 것이었기 때문이다. 비상시국이 지난 다음에 특수한 환경 때문에 바람 핀 아내에게 배신당한 다른 수많은 병정들과 마찬가지로, 품행이 부정했던 사실을 전혀 드러내지 않는, 침울하지만 고분고분한 아내를 다시 만날 것이다. 그러나 그 아이는 마르트가 휴가 중에 자기 남편과 육체적 접촉을 감수할 경우에나 오직 그에게 납득될 수 있는 것이다. 나는 비겁하게도 그렇게 하라고 마르트에게 애원했다.

우리들의 모든 싸움 중에서 이번 싸움만큼 이상하고 괴로운 것은 없었다. 게다가 그녀의 응수가 그리 투쟁적이지 않은 것을 보고 나는 놀랐다. 그러나 얼마 후에야 나는 그 이유를 알았다. 마르트가 자크의 휴가 때 그에게 정복당한 것을 나에게 감히 고백하지 못했던 것이다. 그래서 나에게 복종하는 체하면서 실은 반대로 자기 몸이 불편하다는 구실로 그랑빌에서 만날 남편에게 몸을 허락하지 않을 작정이었다. 그러한 꾸며낸 모든 계책들은 날짜 계산을 복잡하게 했지만, 출산 때, 달을 거짓으로 맞춘 것을 아무도 의심하지 않을 것이다. '무슨 소리! 우리에겐 시간이 넉넉해. 마르트의 부모는 추문을 두려워할 거야. 그러니 자기 딸을 시골로 데려가겠지. 그러면 출산 소식이 늦게 전해질 테니까.' 하고 나는 생각했던 것이다.

마르트의 출발 날짜가 가까워졌다. 나는 그녀가 없는 기간을 좋은 기회로 이용할 수밖에 없었다. 나에게 그 기간은 하나의 시험 기간이 될 것이다. 나는 마르트에 대한 사랑의 병이 낫길 바랐다. 그 목적에 내가 다다르지 못한다면, 즉 그녀에 대한 내 애정이 너무나도 활기차서 그녀로부터 빠져나올 수가 없다면, 그전과 마찬가지로 충실한 마르트를 되찾을 수 있으리라는 것을 나는 잘 알고 있었으니까.

7월 12일 아침 7시에 그녀는 떠났다. 그 전날 나는 J에서 묵었다. 그곳으로 가면서 나는 거기서 그날 밤을 자지 않고 새우리라고 스스로 다짐했다. 내가 앞으로 남은 생애 동안 마르트를 더 이상 필요로 하지 않을 정도로 그녀를 마음껏 애무하여, 그 애무를 내 마음속에 풍부히 비축해 두리라 마음먹었던 것이다.

그러나 자리에 들어 십오 분쯤 지나자 나는 그만 잠이 들어 버렸던 것이다.

마르트와 함께 있으면 늘 잠자리가 어지러웠다. 그런데 처음으로 그녀 곁에서 마치 혼자 자는 것이나 마찬가지로 푹 잤던 것이다.

내가 눈을 떴을 때 그녀는 벌써 일어나 있었다. 그녀는 감히 나를 깨우지 못했던 것이다. 이제 기차 시간까지 삼십 분밖에 남지 않았다. 나는 잠 때문에 우리가 함께 보내야 할 마지막 시간을 잃은 것에 화가 났다. 그녀 또한 떠나는 것이 슬퍼서 울었다. 그렇지만 나는 이 마지막 순간을 눈물을 삼키는 것과는 다른 일에 쓰고 싶었던 것이다.

마르트는 자기 열쇠를 나에게 주고, 그곳에 와서 두 사람 사이를 생각하고, 또한 자기 테이블 위에서 자기에게 편지를 써 보내 달라고 나에게 청하는 것이었다.

나는 파리까지 그녀를 바래다주지 않겠다고 다짐했다. 그러나 그녀의 입술에 대한 나의 욕망을 억제할 길은 없었다. 그리고 나는 비겁하게도 그녀를 사랑하지 않게 되기를 바랐기 때문에 그 욕망을 그녀의 출발 탓으로, 그 아주 거짓된 '마지막 이별' 탓으로 돌렸던 것이다. 그 마지막 이별이 거짓된 이유는 그녀가 그것을 원하지 않는 한 최후의 이별 따위란 있을 수 없다는 것을 느끼고 있었기 때문이다.

몽파르나스 역에서 그녀는 시부모와 만나기로 했는데, 나는 신중하지 못하게 그곳에서 그녀와 키스했다. 게다가 나는 그녀의 시집 식구들이 별안간 나타나면 결정적인 비극이 일어나리라는 사실에서 구실을 찾고 있었던 것이다.

F에 돌아온 후 마르트 집에 가는 것만을 기다리면서 시간을

보내는 데에 습관이 되어 있던 나는 기분 전환을 하려고 애를 썼다. 나는 정원을 삽으로 파고 책도 읽었다. 그리고 누이동생들과 오 년 만에 처음으로 숨바꼭질도 하곤 했다. 저녁이 되면 의심을 받지 않기 위해서 산책을 하러 가야만 했던 것이다. 대개 마른 강까지 이르는 한길은 경쾌한 산책 코스였다. 그런데 그날 저녁엔 나는 맥없이 기어가듯 걸었다. 조약돌에 발목은 비틀리고, 가슴의 고동은 더 빨라졌기 때문이다. 나는 보트에 누워서 내 평생 처음으로 죽기를 바랐다. 그러나 살 수도 없는 것이나 마찬가지로 죽을 수도 없었기 때문에 나는 어느 자비로운 사람이 암살이라도 해 줄 것을 기대했다. 사람이 지루함이나 괴로움이 원인이 되어 죽을 수는 없다는 사실이 애석했다. 차츰차츰 내 머리는 욕조에서 물이 소리를 내면서 빠지듯이 비어 갔다. 마지막으로 좀 길게 쭉 하고 물이 빨려나가듯 나의 머리는 텅 비어 버렸다. 그러자 나는 잠이 들어 버렸다.

7월 새벽의 찬 기운이 나의 잠을 깨웠다. 나는 추위에 움츠러들어서 집에 돌아왔다. 대문은 활짝 열려 있었다. 응접실에서 아버지는 굳은 표정으로 나를 맞이했다. 어머니가 몸이 좀 불편했다는 것이다. 그래서 의사를 불러오기 위해서 가정부를 시켜 나를 깨우도록 했던 것이다. 물론 나는 집에 없었고, 따라서 내가 집을 비웠던 것은 확실히 드러났다.

비난을 받아 마땅할 많은 행동 중에서 단 하나의 하찮은 행동을 끄집어내어 죄인으로 하여금 자신을 변명할 수 있도록 해 주는, 훌륭한 재판관의 본능적인 섬세함에 찬탄하면서 나는 아버지의 꾸중을 견디어 냈다. 그러나 나는 변명도 하지 않왔다. 너무나 힘든 일이었다. 나는 내가 J에서 돌아왔다고 아버지가 믿도록 놔두었다. 그리고 저녁 식사 후 외출을 금지했을 때, 아버지가 또다시 공범이 되어, 내가 이젠 맥없이 혼자 나다니지 않아도 좋을 구실을 내게 준 데 대해 마음속으로 아버지에게 감사했던 것이다.

나는 우체부를 기다렸다. 그것이 내 생활이었다. 아무리 애를 써도 잊어버린다는 것이 조금도 되질 않았다.

마르트는 나에게 종이 자르는 칼을 하나 줬는데, 그것을 자기 편지 봉투를 뜯는 데에만 써 달라고 했던 것이다. 내가 그렇게 할 수 있었던가? 그렇게 하기엔 나는 너무나도 다급했다. 그래서 나는 그녀의 편지 봉투들을 그냥 찢고는 했다. 그럴 때마다 나는 자신이 부끄러워서 편지를 십오 분 동안 건드리지 않고 그냥 놔두리라고 스스로 다짐하곤 했다. 그러한 방법을 씀으로써 마침내는 자제력을 되찾아, 그 편지들을 뜯지 않은 채로 내 주머니에 간직할 수 있게 되기를 바랐다. 그러나 그 방법은 항상 다음 날로 미루어지곤 했다.

어느 날 나는 자신의 약한 마음에 화가 치밀어 분노의 몸부림 속에 편지 한 통을 읽지도 않고 그만 찢어 버렸다. 그 찢어진 종잇조각들이 정원에 뿌려지자마자 나는 엉금엉금 기어서 그것들에 달려들었다. 그 편지에는 마르트의 사진이 들어 있었기 때문이다. 아주 미신적이어서 보잘것없는 사실도 비극적인 방향으로 해석하던 내가 마르트의 얼굴을 찢은 것이다. 나는 거기에서 하느님의 경고를 본 것이다. 편지와 사진 들을 붙이느라고 네 시간이나 보내고 난 다음에야 나의 두려움은 가라앉았다. 일찍이 내가 그렇게 애를 써 본 적은 없었다. 마르트에게 불행한 일이 일어나지나 않을까 하는 두려움이 내 두 눈과 신경을 혼란에 빠트리는 그 터무니없는 일을 하는 동안 나를 버틸 수 있게 했던 것이다.

어느 전문의가 마르트에게 해수욕을 권했다고 했다. 나는 자신의 옹졸한 마음씨를 스스로 책하면서도, 해수욕을 금지했다. 나 외 다른 사람들이 그녀의 육체를 보는 것을 원치 않았기 때문이다.

게다가 마르트가 어쨌든 그랑빌에서 한 달은 보내야 하니까, 오히려 자크가 그녀와 함께 있는 것이 기뻤다. 마르트가 가구들을 고르던 날 나에게 보여 준 자크의 흰 옷차림 사진이 머리에 떠올랐다. 해변가의 젊은 남자들이 나는 무엇보다도 두려웠던 것이다. 나는 그 젊은이들이 나보다 더 잘나고 더 강하며 더 멋있으리라고 지레짐작했기 때문이다.

그러나 그녀의 남편은 그러한 젊은이들로부터 그녀를 보호하리라.

애정이 솟구치는 어떤 순간이면 나는 마치 모든 사람들에게 키스를 해 주는 주정꾼처럼 자크에게 편지를 써서 내가 마르트의 애인이라는 것을 자크에게 자백하고, 또 그 애인 자격으로 그녀를 그에게 부탁하는 몽상을 했다. 자크와 나의 열렬한 사랑을 받는 마르트를 때때로 나는 부러워하기도 했다. 우리는 둘이서 함께 마르트를 행복하게 해 주려고 애를 써야 되지 않겠는가? 그러한 견딜수 없는 안타까움에 처했을 때엔 나는 자신이 친절한 애인이라고 생각했다. 나는 자크와 사귀게 되어서 그에게 모든 상황을 말해 주고 우리가 서로 질투를 해서는 안 되는 이유를 설명해 주고 싶었다. 그러나 이어 별안간 증오심이 일어나 그러한 온화한 마음의 기울어짐을 되돌려 버리는 것이었다.

편지할 때마다 그녀는 나에게 자기 집에 가 달라고 했다. 그녀의 고집은 나로 하여금 신앙심이 대단히 깊었던 우리 집안 아주머니 고집을 생각나게 했다. 그 아주머니는 내가 할머니 묘지에 가지 않는다고 나를 꾸짖곤 했던 것이다. 그러나 내겐 순례를 하는 천분이 없다. 그런 지루한 의무는 죽음이라든가 사랑을 한곳에 한정해 버리기 때문이다.

무덤 앞이나 어떤 방 안에서가 아니면 죽은 사람이나 앞에 없는 애인을 생각할 수 없단 말인가? 나는 그것을 마르트에게 설명해 주려고 하지 않고 그저 내가 그녀 집에 가곤 한다고 이야기해 주었다. 아주머니에게 내가 무덤에 가지도 않고 갔노라고 말했던 것과 마찬가지로 말이다. 그런데 마침내 나는 이상 야릇한 사정 때문에 마르트 집에 가지 않으면 안 되게 되었다.

어느 날 나는 찻간에서 스웨덴 아가씨를 만났다. 후견인이 마르트를 만나지 못하게 했던 그 아가씨 말이다. 외로웠던 나는 그 어린 계집애의 어린애다운 행동에 흥미를 품었다. 나는 그녀에게 다음 날 몰래 J에 와서 간식이나 들자고 제의했다. 나는 마르트가 집에 없는 사실을 그녀에게 숨겨 그녀가 겁을 집어먹지 않게 했다. 게다가 마르트가 그녀를 만나면 얼마나 즐거워하겠느냐고 덧붙이기까지 했다. 단언하건대 나 자신도 정말로 내가 무엇을 할 작정인지를 정확히 몰랐다. 나는 마치 친해지면 서로 놀라게 해 주려고 생각하는 아이들처럼 행동했던 것이다. 마르트가 집에 없다는 사실을 알게 되었을 때, 스베아의 천사 같은 얼굴에 나타날 놀라움이나 분노를 보고 싶은 욕망을 나는 도저히 견뎌 낼 수가 없었던 것이다.

그렇다, 그것은 상대를 놀라게 하겠다는 어린애 같은 유치한 즐거움이 틀림없었다. 왜냐하면 그녀는 일종의 이국적인 정취를 맛보고 있었으며, 그녀가 하는 말귀마다 나를 놀라게 했는데 반면 나는 그녀가 놀랄 만한 이야기를 아무것도 찾아내지 못했기 때문이다. 서로 말이 잘 통하지 않는 사이에 생기는 갑작스러운 친밀함보다 감미로운 것은 없는 법이다. 그녀는 푸른빛 칠보를 입힌 조그마한 금 십자가를 목에 걸고 있었다. 그 십자가는 아주 보기 흉한 옷 위에 걸려 있어서 나는 그 옷을 내 취향에 맞게 머릿속으로 다시 꾸며 보았다. 그랬더니 그녀는 살아 있는 진짜 인형 같은 모습을 해 보이는 것이었다. 나는 기차간이 아닌 다른 곳에서 그녀와 단둘이서만 다시 이야기를 나누고 싶은 욕망이 솟구치는 것을 느낄 수 있었다.

수도원 수녀 같은 그녀의 모습을 좀 망가뜨리는 것은 피지에 학교 학생의 걸음걸이였다. 하기야 그녀는 그 학교에서 하루에 한 시간씩 프랑스어와 타이핑 공부를 했으나, 별로 효과는 없었다. 그녀는 나에게 타자기로 친 자기 숙제를 보여 주었다. 글자마다 틀린 것을 선생이 여백에 고쳐 준 것이었다. 그녀는 분명히 자신이 만들었을 추악한 핸드백에서 백작 관이 장식된 담뱃갑을 하나 꺼냈다. 그녀는 담배를 피우지 않았으나, 그 담뱃갑을 늘 지니고 다녔다. 왜냐하면 친구들이 담배를 피웠기 때문이다. 그녀는 세례 요한의 축제 밤이라든가, 산앵두로 만든 잼 등에 대한 스웨덴 풍습을 나에게 말해 주었는데, 나는 그것들을 잘 아는 체했다. 이어서 그녀는 전날 스웨덴에서 부쳐 왔다는 쌍둥이 여동생 사진을 핸드백에서 꺼냈다. 그녀의 동생은 알몸으로 말을 타고 있었고, 머리엔 자기 할아버지의 실크해트를 쓰고 있었다. 나의 얼굴은 빨개졌다. 그녀의 여동생은 그녀와 매우 비슷했기 때문에 나는 그녀가 나를 놀리며 자기 자신의 나체를 나에게 보여 주는 것이 아닌가 의심할 지경이었다. 그 순진한 장난꾸러기 아가씨에게 키스하고 싶은 욕망을 억제하기 위해서 나는 입술을 지그시 깨물었던 것이다. 나는 짐승 같은 표정을 짓고 있었음에 틀림없다. 왜냐하면 그녀가 겁을 먹고 눈으로 경보를 찾고 있는 모습을 보았기 때문이다.

그다음 날 4시에 그녀는 마르트 집에 닿았다. 나는 그녀에게 마르트는 파리에 갔는데 곧 돌아올 거라고 말해 줬다. 나는 이렇게 덧붙였다. "마르트는 자기가 돌아오기 전엔 당신을 보내지 말라고 했어요." 나는 내 책략을 아주 뒤에 가서야 그녀에게 고백할 작정이었다.

다행히도 그녀는 식도락가였다. 나의 식탐은 신기한 모습을 띠게 되었다. 파이나 딸기를 넣은 아이스크림 같은 것에는 아무런 구미도 당기지 않았고, 오히려 그녀가 입을 갖다 대는 파이나 아이스크림이 되고 싶었다. 나는 내 입을 본의 아니게 찡그렸던 것이다.

내가 스베아를 탐낸 것은 방탕함에서가 아니라, 식탐 때문이었다. 그녀의 입술이 안 된다면 그녀의 두 뺨에 키스하는 것으로도 충분했으리라.

나는 그녀가 잘 알아듣도록 음절 하나하나를 발음하며 이야기를 했다. 늘 과묵했던 내가 그 재미있는 소꿉놀이에 흥분해서 그날은 말을 빨리 못 하는 것을 안타깝게 여길 지경이었다. 나는 수다를 떨며 유치한 고백을 하고 싶은 충동을 느꼈던 것이다. 나는 그녀 입에 귀를 가까이 가져다 대고 그녀의 하찮은 이야기를 빨려 들어가듯 넋을 잃고 들었다.

나는 그녀가 억지로 리쾨르 한 잔을 들게 했다. 술을 먹인 후엔 마치 새 한 마리를 취하게 해 놓은 것처럼 그녀를 불쌍해했다.

나는 그녀의 얼큰한 취기가 내 계획에 도움이 될 거라고 기대했다. 왜냐하면 그녀가 나에게 자기 입술을 기꺼이 허락해 줄지 아닐지는 내게는 문제가 되지 않았기 때문이다. 그런 일이 마르트의 집에서 이루어지는 것은 적절하지 못하다고 생각했으나, 요컨대 그것이 마르트와 나의 사랑에서 아무것도 빼앗아 가진 않는다고 나는 자신에게 되풀이했다. 나는 스베아를 하나의 과일처럼 갈망했다. 따라서 애인이 그녀를 질투한다는 것은 당치도 않은 일이었다.

나는 그녀의 손을 잡고 있었다. 나는 그녀의 옷을 벗기고, 품에 안고서 조용히 흔들어 주고 싶었다. 그녀는 긴 의자 위에 누워 있었다. 나는 일어나서 아직도 솜털이 가시지 않은 그녀의 목덜미에다 키스를 했다. 나는 그녀가 아무 말도 하지 않는다고 해서 내 키스가 그녀를 즐겁게 해 준다고는 생각할 수 없었다. 그러나 화를 낼 수가 없었던 그녀는 나를 점잖게 밀어낼 프랑스어 표현을 찾아내지 못했던 것이다. 나는 그녀의 두 뺨을 지그시 깨물었다. 복숭아에서처럼 달콤한 즙이 나오기를 기대하면서 말이다.

마침내 나는 그녀 입에 키스했다. 그 참을성 있는 희생자는 입을 오므리고 두 눈을 감은 채 애무를 견뎌 냈다. 그녀의 유일한 거부의 몸짓이란 머리를 좌우로 약간 움직이는 것이었다. 나는 잘못 생각하지 않았지만, 내 입은 착각을 해서 그것이 일종의 응답이라고 여겼다. 나는 마르트 곁에선 일찍이 그렇게 한 적이 없을 정도로 스베아의 곁에 바싹 붙어 있었다. 저항이라고 할 수 없는 그녀의 저항은 나의 대담스러움과 나태함을 부추겨 주었다. 너무 세상물정 모르는 나는 다음 일도 잘 진행되어 아주 쉽게 그녀를 범할 수 있으리라고 생각했던 것이다.

나는 일찍이 여자 옷을 벗겨 본 적이 없었다. 오히려 여자들이 내 옷을 벗겨 주었다. 그래서 서툴렀는데, 나는 우선 그녀의 신발과 양말을 벗겨 주기 시작했다. 그러고는 그녀의 두 발과 다리에다 키스해 주었다. 그러나 그녀의 코르셋 호크를 풀려고 하자, 스베아는 마치 자러 가기 싫다는 말썽꾸러기 아이가 억지로 옷 벗기를 강요당할 때처럼 몸부림을 쳤다. 그녀는 나를 사정없이 발로 찼다. 나는 재빨리 그녀의 두 발을 잡아서 움직일 수 없게 하고선 거기에다 키스를 해 주었다. 마침내 나는 싫증이 났다. 맛있는 크림이나 과자를 너무 많이 먹고 나면 더 이상 구미가 당기지 않듯이 말이다. 나는 그녀에게 나의 사기 행위를 고백하고 마르트가 여행 중이라는 사실을 알려 주지 않으면 안 되었다. 마르트를 만나더라도 우리가 서로 만난 사실을 이야기하지 않겠다는 약속을 나는 스베아로부터 받아 냈다. 내가 마르트의 애인이라는 사실을 그녀에게 터놓고 말하지는 않았지만, 그 사실을 짐작하도록 해 준 셈이었다. 그녀에게 싫증이 났지만 그저 인사치레로 언제 또 만날 것인가 그녀에게 물었을 때, 이런 밀회에서 즐거움을 맛본 그녀는 "내일!" 하고 대답했다.

나는 마르트 집에 다시는 가지 않았다. 아마도 스베아는 닫힌 문에 와서 초인종을 누르진 않았을 것이다. 나의 행동이 일반적인 도덕관으로 볼 때 얼마나 비난받을 만한 행동인지 나는 알고 있었다. 왜냐하면 스베아가 나에게 그렇게도 귀중하게 보였던 것은 틀림없이 환경 때문이었을 것이다. 마르트 방이 아닌 다른 곳에서였다면 스베아에 대한 욕망을 그렇게 강렬하게 느꼈을까?

하지만 나는 후회하지는 않았다. 또한 내가 나이 어린 스웨덴 아가씨를 버린 것은 마르트를 생각해서가 아니라 그 아가씨로부터 모든 달콤한 것을 다 빼냈기 때문이다.

며칠 후에 나는 마르트로부터 편지 한 장을 받았다. 그 속에는 그녀 집주인의 편지 한 장이 동봉되어 있었다. 그 편지는 자기 집이 밀회 장소도 아닌데 내가 마르트 방 열쇠를 지니고 다니면서 그 방으로 한 여자를 데리고 왔다는 사실을 일깨워 줬다. "내겐 당신이 나를 배반한 증거가 있어요." 하고 마르트는 덧붙였다. 그녀는 나를 다시는 보지 않겠다는 것이었다. 물론 자신은 그렇게 하는 것이 괴롭겠지만 속는 것보다는 오히려 괴로운 편이 낫다는 것이었다.

나는 그 위협이 대수롭지 않다는 것, 그리고 그 위협을 없애 버리기 위해서는 거짓말을 하나 꾸며 대는 것으로 충분하고, 또 필요에 따라선 사실대로 이야기해 주면 되리라는 것을 알고 있었다. 그러나 그 절교의 편지에서 마르트가 자살한다는 이야기를 하지 않았으므로 나는 약이 올랐다. 나는 그녀를 냉정한 여인이라고 비난했다. 그리고 그러한 편지에 대해선 해명해 줄 필요도 없다고 생각했다. 그 이유로는, 만일 내가 그와 비슷한 처지에 놓였더라면 진짜로 그럴 생각을 하지는 않았겠지만, 예의로라도 자살하겠다는 말로 마르트를 위협해야만 했을 것이라 생각했기 때문이다. 그것은 나이와 학생 신분의 지워질 수 없는 흔적이었다. 즉 나는 연애 법칙이 지시하는 일종의 거짓말들을 믿었던 것이다.

나의 연애 실습에 새로운 일이 하나 생겼다. 즉 마르트에 대한 나의 결백을 주장하여 나보다도 집주인 말을 더 믿는다고 그녀를 비난하는 일이었다. 나는 마랭 일당의 작전이 얼마나 교묘했는지 그녀에게 설명해 주었다. 사실은 내가 그녀 집에서 편지를 쓰고 있던 어느 날, 스베아가 그녀를 만나러 왔는데, 내가 문을 열어 준 이유는 창문을 통해서 그 처녀를 보았고, 또한 그 처녀가 마르트를 멀리한다는 사실을 알고 있었으므로, 마르트가 그 괴로운 이별에 대하여 그 처녀를 용서치 않는다는 인상을 스베아에게 주고 싶지 않았기 때문이라고 설명해 주었다. 물론 그 처녀는 수많은 어려움을 무릅쓰고 몰래 찾아왔던 모양이라고 덧붙였다.

그렇게 함으로써 나는 그녀에 대한 스베아의 마음이 변하지 않았다는 사실도 마르트에게 알려 줄 수가 있었던 것이다. 그리고 마르트 집에서 그녀의 가장 친한 친구와 그녀에 대하여 이야기할 수 있었다는 것이 큰 위안을 주었다는 사실을 표명하면서 편지를 끝맺었던 것이다.

그와 같은 위험한 조짐은 서로의 행동을 보고하도록 강요하는 사랑이라는 것을 저주하게 했다. 나는 다른 사람들에게는 물론이려니와 나 자신에게도 결코 보고하고 싶지 않았던 것이다.

그럼에도 뭇사람들이 자기 자유를 그 사랑의 손아귀에다 맡기는 것을 보니, 그 사랑이란 것은 크나큰 이익을 주는 것임에 틀림없다고 생각했다. 나는 어서 빨리 사랑 없이도 지낼 수 있을 만큼, 따라서 자기 욕망을 어느 하나도 희생하지 않고 지 낼 수 있도록 강해지기를 바랐다. 같은 노예가 될 바에야 관능 의 노예보다는 애정의 노예가 되는 것이 훨씬 낫다는 사실을 나는 몰랐던 것이다.

벌이 꿀을 모아서 벌통을 풍요케 하듯, 사랑하는 남자는 한 길에서 자기를 사로잡는 온갖 욕망을 갖고 자신의 사랑을 풍 요하게 한다. 그 혜택은 상대인 여자 애인이 입는 것이다. 나 는 충실치 못한 성격을 충실한 것처럼 보이게 해 주는 규율을 아직 발견하지 못했다. 어떤 남자가 한 처녀를 탐내다가 그 열 정을 현재 자기가 사랑하는 여자에게로 옮기려고 하면, 채워 지지 않았기 때문에 한층 강렬해진 그의 욕망은 그 여자로 하 여금 자기는 이렇게 열렬한 사랑을 받아 본 적이 일찍이 없었 다고 믿게 해 주리라. 따라서 그 여자를 속이는 셈이 되나, 사 람들이 말하는 도덕은 상처를 입지 않는 것이다. 그러한 계산 에 의해 방탕이 시작된다. 따라서 열렬히 사랑하는 중에도 자 기 정부를 속일 수 있는 남자들을 너무 성급하게 비난하지 말 아야 한다. 또한 그들을 경박하다고 나무라지도 말아야 한다. 그들도 그러한 핑계를 싫어하며, 자신들이 자기 행복과 쾌락 을 혼돈하고 있다고는 생각조차 않는 것이다.

마르트는 나의 무고함을 스스로 밝혀 주기를 기대했다. 그 녀는 자기가 나에게 한 비난을 용서해 달라고 애원했다. 나는 거드름을 피우면서 그녀에게 용서해 주겠노라고 했다. 그녀 는 자기 집주인에게 편지를 써 보내, 자기가 없더라도 내가 그

녀 친구를 자기 집에 들이는 것을 용납해 달라고 빈정거리는
투로 요청했던 것이다.

마르트는 8월 그믐께 돌아온 후 F에서 지내지 않고 친정에서 살았다. 그녀의 부모가 자기네 휴양지에서 더 묵기로 했기 때문이다. 마르트가 어릴 때부터 살았던 이 새로운 무대는 나에게 최음제 역할을 했다. 관능의 피로와 홀로 자고 싶은 내밀한 욕망은 사라져 버렸다. 나는 하룻밤도 내 집에서 보내질 않았다. 젊어서 죽을 것이기 때문에 서둘러서 일을 처리하는 사람들처럼 나는 정렬을 불태우고 급히 서둘렀다. 나는 마르트가 아기 엄마가 되어 사그라지기 전에 그녀를 즐기고 싶었던 것이다.

마르트가 처녀 시절 쓰던 그 방, 자크가 들어오는 것을 그녀가 거절했던 그 방은 우리 방이 되었다. 비좁은 침대 위에 놓인 그녀의 첫 영성체 날 찍은 사진이 눈에 띄자 나는 반가웠다. 나는 마르트에게 현재와 다른, 어렸을 때 자신의 모습을 자세히 바라보라고 강요했다. 그렇게 해서 우리 아이가 그녀를 닮도록 하기 위해서였다. 그녀가 태어나 꽃피듯이 자라는 과정을 목격해 온 그 집 안을 나는 황홀해서 배회했다. 창고에 있는, 그녀가 어릴 때 썼던 요람을 만져 보고, 그것을 또다시 우리 아이가 쓰길 바랐다. 나는 그녀가 어렸을 때 입던 조끼나 바지 등을 꺼내 놓게 했는데, 그 옷들은 그랑지에 집에서 소중한 기념으로 간직되고 있었다.

나는 J에 있는 그녀 집을 조금도 그리워하지 않았다. 그곳 가구들은 그 어떤 가구보다도 매력이 없었던 것이다. 따라서 그것들은 나에게 아무것도 가르쳐 주지 않았다. 그런데 그와 반대로 이곳에선 모든 가구들이 마르트에 관해서 나에게 말해 주는 것이었다. 어렸을 때 마르트는 그 가구들에다 머리를 부딪히곤 했을 것임에 틀림없었다. 그리고 또한 이곳에는 면의회 의원도 집주인도 없이 우리들끼리만 있었던 것이다. 우리는 원시인들과 마찬가지로 이젠 거리낌 없이 거의 알몸이 되어 진짜 무인도가 된 정원을 거닐었다. 우리들은 잔디밭에 누웠고 쥐방울과 인동덩굴, 그리고 들포도 덩굴로 지붕이 뒤덮인 우거진 정자 밑에서 간식을 먹었다. 내가 주워 온, 햇볕에 따스해진 터진 자두를 우리는 서로 입으로 빼앗아 먹으려 하곤 했다. 아버지는 내 동생들에게 시키듯 나에게 정원을 돌보는 일을 시키지 못했다. 하지만 나는 마르트네 정원은 돌봐 주었던 것이다. 나는 정원을 다듬고 잡초들을 뽑아 주었다. 무더웠던 한나절의 저녁에는 메마른 땅과 애타는 꽃들의 갈증을 풀어 주는 것에서, 여성의 욕망을 채워 주는 것과 똑같은 도취된 남자의 자만심을 나는 느꼈다. 나는 늘 친절이란 것을 좀 바보 같은 수작이라고 생각해 왔다. 하지만 이제 나는 그 친절의 위력이 어떤 것인지 알게 되었다. 내가 돌봐 준 덕분에 꽃은 피었고, 내가 던져 준 모이를 먹고 난 다음 닭들은 그늘에서 잠을 잤다. 얼마나 친절한 일인가? 아니, 얼마나 이기적인 일인가! 꽃이 죽고 닭들이 야윈다면 우리 사랑의 섬은 슬픔 속에 잠기고 말았으리라. 내가 주는 물과 모이는 꽃이나 닭들에게보다도 나 자신에게 주어진 것이었다.

마음속에 새로운 봄을 맞이하자, 나는 최근에 발견한 것을 잊어버리거나 등한시했다. 마르트의 친정 집과의 접촉에서 야기된 그 방종을 최후의 방종이라고 나는 생각했다. 그래서 8월의 마지막 주일과 9월은 내가 정말 행복했던 유일한 시기였다. 나는 속임수를 쓰지도 않았고, 내 마음에나 마르트의 마음에 상처도 주지 않았다. 이젠 아무런 장애물도 눈에 띄지 않았다. 나는 열여섯 살에, 성숙한 나이에나 원할 법한 생활 양식을 생각했다. 우리는 시골에서 살 것이고, 그곳에서 영원히 젊은이들처럼 살리라고 말이다.

나는 잔디밭에서 그녀에게 기대 누웠다. 나는 풀잎으로 그녀의 얼굴을 쓰다듬으면서 침착한 태도로 앞으로의 우리 생활 계획에 관해서 마르트에게 설명해 주었다. 마르트는 해변에서 돌아온 이래 파리에다 우리를 위한 아파트를 하나 구하고 있었던 것이다. 내가 시골에서 살고 싶다고 그녀에게 말하자 그녀는 눈물을 글썽이면서 "난 감히 그런 제안을 당신에게 하질 못했어. 나와 단둘이만 있으면 싫증을 느낄 거라고 생각했어. 그리고 당신에겐 도시가 좋을 거라고 믿었어." 하고 그녀는 말했다. "정말 당신은 나를 잘 알지 못하는군." 하고 나는 대답했다. 나는 망드르 부근에서 살고 싶었다. 그곳은 전에 우리가 산책을 갔던 곳으로 장미를 재배하는 고장이었다. 그후 파리에서 마르트와 함께 저녁을 먹은 다음 우연히 막차를 탔을 때, 나는 그 장미꽃 냄새를 맡았다. 역내에서 인부들이 향기를 풍기는 큰 상자들을 내리고 있었던 것이다. 나는 아주 어렸을 때, 어린애들이 자는 시간에 지나간다는 그 신비로운 장미 기차에 관해 사람들이 말하는 것을 들은 적이 있다.

마르트는 말했다. "장미는 한 계절에만 피고 지는 거야. 그 계절이 지나면 망드르가 더러운 곳이라고 생각될까 봐 걱정되지 않아요? 그곳보다 아름답지는 않지만 늘 한결같이 매력적인 고장을 택하는 것이 현명하지 않을까?"

그런 말을 듣고 보니, 내 성격이 어떤지, 나 자신을 잘 알아볼 수 있었다. 두 달 동안 장미꽃을 즐기겠다는 욕망은 그 외 열 달을 잊어버리게 했던 것이다. 그리고 망드르를 선택한다는 사실은 우리 사랑이 덧없이 일시적인 것이라는 증거를 또한 나에게 보여 주었던 것이다.

산책을 한다거나 초대를 받았다는 구실로, 나는 자주 F에서 저녁을 들지 않고 마르트와 함께 있곤 했다.

어느 날 오후, 나는 비행사 유니폼을 입은 한 젊은이가 그녀 곁에 있는 것을 보았다. 그녀의 사촌이었다. 마르트는 내가 자기에게 경어를 쓰자, 일어나 나에게로 와서는 내 목에다 키스를 했다. 그녀의 사촌은 내가 거북해하는 것을 보고 미소를 지었다. "폴 앞에서는 아무것도 두려워할 필요 없어요. 봐요, 그에게 모든 것을 얘기해 줬어." 하고 그녀는 말했다. 나는 어색했다. 그러나 마르트가 자기 사촌에게 나를 사랑한다는 것을 고백했다는 사실이 기뻤다. 자기 유니폼이 정복이 아니라는 사실만을 생각하고 있던, 매력적이긴 하나 천박해 보이는 이 청년은 우리 사랑에 굉장히 흥미를 느끼는 듯했다. 그는 우리 사랑에서 자크에게 가해진 하나의 멋진 짓궂은 장난을 엿보았던 것이다. 그는 자크를 비행사도 아니요 그렇다고 바에 자주 드나드는 친구도 못 된다고 경멸했던 것이다.

폴은 자기들의 어린 시절의 모든 장난을 나에게 얘기해 줬다. 그리고 그 정원이 그 모든 장난의 무대였다는 사실도 말해 줬다. 생각지 못했던 날의 마르트를 나에게 보여 주는 이야기를 듣고 싶은 나머지 나는 이것저것 물어보았던 것이다. 동시에 나는 비애를 느꼈다. 왜냐하면 나는 아직도 어린아이의 때를 아주 벗지 못했으므로 부모들이 모르는 그 어린 시절 장난들을 잊지 않고 있었기 때문이다. 부모들이 모른다는 말은 그 장난을 이젠 기억하지 못하거나, 그 장난들을 불가피한 병으로 생각한다는 뜻이다. 나는 마르트의 과거를 질투했다.

우리가 우리들에 대한 집주인의 증오와 마랭네 대연회 등을 웃으면서 폴에게 말해 주자, 그는 흥이 나서 파리에 있는 자기 스튜디오를 빌려 주겠다고 제의했다.

마르트가 감히 그에게 우리가 함께 살 계획을 고백하지 않은 것을 나는 알았다. 그가 우리 사랑을 하나의 기분 전환으로

치부하고 있으나, 그 추문이 퍼지는 날에는 그 역시 다른 늑대들과 함께 울부짖을 것이라는 사실을 나는 느낄 수 있었다.

마르트는 식탁에서 일어나 음식을 날라 주고는 했다. 하인들은 그랑지에 부인을 따라서 시골로 가고 없었다. 왜냐하면 늘 조심하는 마르트는 로빈슨 크루소처럼 살기만을 바란다고 주장했기 때문이다. 그녀의 부모는 자기 딸이 공상적이며, 그런 사람들은 미치광이나 마찬가지여서 그들의 주장을 거스르면 안 된다고 믿었기 때문에 그녀를 혼자 놔두고 떠났던 것이다.

우리들은 오랫동안 식탁에 머물렀다. 폴은 최고의 포도주들을 꺼내 왔다. 우리는 즐거웠다. 하지만 그것은 훗날 아마도 우리가 후회할 그런 즐거움이었다. 왜냐하면 폴은 한 하찮은 간통한 인간의 속내 이야기를 듣는 것처럼 행동했기 때문이다. 그는 자크를 비웃었다. 나는 침묵을 지킴으로써 그가 요령 없는 사람이란 것을 일깨워 줄 뻔했다. 나는 별로 까다롭지 않은 이 마르트의 사촌을 모욕하느니보다 차라리 그와 함께 자크를 조소하는 장난을 택했던 것이다.

우리가 시계를 보았을 때, 파리로 떠나는 막차 시간은 이미 지나 있었다. 마르트는 잠자리를 제공하겠노라고 제의했다. 그러자 폴은 기꺼이 받아들였다. 내가 어쩌나 하는 눈초리로 마르트를 바라보자, 그녀는 이렇게 덧붙이는 것이었다.

"물론 당신도 남아야지."

우리 방 문턱에서 폴이 우리에게 잘 자라고 인사하며 자기 사촌 누이의 두 뺨에 아주 자연스럽게 키스를 해 주었을 때엔,

나는 마르트의 남편으로서 내 집에서 내 아내의 사촌을 맞이
하는 듯한 착각에 사로잡혔다.

9월 말에 그 집을 떠나는 일은 나에겐 행복과 결별하는 것처럼 느껴졌다. 아직도 몇 개월이라는 유예 기간이 있었다. 그러니 거짓 속에서 살든가 진실 속에서 살든가 우리는 어느 하나를 택해야 할 것이다. 그러나 둘 다 부자연스럽기는 매한가지였다. 마르트가 우리 아이를 낳기 전에 자기 부모에게서 버림을 받아선 안 되기 때문에, 마르트에게 어머니한테 임신한 사실을 알려 주었느냐고 마침내 용기를 내 물어보았다. 그녀는 그렇게 했다고 나에게 대답했다. 그리고 자크에게도 알려줬다고 말했다. 따라서 나는 그녀가 가끔 나를 속인다는 사실을 확인하는 기회를 가졌던 셈이다. 왜냐하면 5월에 자크가 휴가 와서 묵고 간 다음 그녀는 자크가 자기에게 접근하지 않았다고 단언했기 때문이다.

밤은 차츰 빨리 찾아왔다. 저녁나절엔 쌀쌀해서 우리들은 산책을 할 수 없었다. J에서 우리가 서로 만나는 일은 곤란해졌다. 추문이 퍼지지 않도록 하기 위해서 우리들은 마치 도둑처럼 조심해야만 했고, 한길에서 마랭 부부와 집주인들이 없는지를 지켜봐야 했던 것이다.

10월, 선선하지만 불을 피울 만큼 춥지도 않은 그 저녁나절의 쓸쓸함에 우리는 5시가 되자마자 잠자리에 들었다. 우리 집에서는 대낮에 눕는다는 것은 병을 앓는다는 것을 뜻했다. 5시에 드는 잠자리에 나는 매혹되었다. 다른 사람들이 그 시각에 잠자리에 들리라는 것은 상상할 수 없었다. 나는 활동적인 세계의 한가운데에 누워서, 움직이지 않고 마르트하고만 함께 있었던 것이다. 마르트가 발가벗자, 나는 간신히 용기를 내어 그녀를 바라보았다. 정말 나는 극악무도한 인간인가?

나는 남자의 가장 고상한 역할을 한 것에 대한 회한에 잠겼다. 마르트의 아름다움을 짓밟아 놓고, 그녀의 배를 불쑥 나오게 한 나는 자신이 난폭하고 무지한 파괴자처럼 생각되었다. 우리가 처음으로 서로 사랑할 즈음, 내가 그녀를 입으로 물었을 때 그녀는 "나에게 표시를 남겨 줘요." 하고 내게 이야기하지 않았던가? 그러나 나는 최악의 방법으로 그녀에게 표시를 해놓은 게 아닌가?

이제 마르트는 내가 가장 사랑하는 여인일 뿐만 아니라 ─ 많은 애인들 중에서 제일 사랑받는 여인이라는 뜻은 아니다. ─ 그녀는 모든 것을 대신했던 것이다. 나는 친구들을 생각조차 하지 않았다. 우리 앞날을 위해 우리를 훼방하는 것이 우리를 돕는 일이라고 그들이 믿는다는 사실을 알자, 나는 오히려 그 친구들을 꺼렸다. 다행히도 그들은, 우리 애인들은 귀찮은 존재들이고, 우리들의 애인이 될 만한 가치가 없는 하찮은 여자들이라고 여기는 것이다. 그것은 유일하게 우리를 보호하는 생각이었다. 만약 그들이 그렇게 생각하지 않는다면, 우리 애인들이 그들의 애인이 될 위험도 있으니까 말이다.

아버지는 염려하기 시작했다. 그러나 당신 누님과 나의 어머니에게 나를 옹호해 오던 터라 자신이 전에 나에 대하여 말했던 것을 취소할 수도 없었다. 그래서 고모와 어머니에게는 아무 말도 하지 않고, 실제로 그분들과 한패가 되어 있었다. 아버지는 나에게, 나를 마르트와 떼어 놓기 위해 무슨 일이건 하겠다고 단언했다. 마르트의 부모와 남편 등에게 알리겠노라고 말한 것이다……. 그런 다음 날, 아버지는 나를 멋대로 놔두었다.

나는 아버지의 약점을 알아냈다. 그리고 그것을 이용했던 것이다. 나는 감히 말대답을 했다. 나는 어머니나 고모가 하는 것과 똑같은 방법으로 아버지에게, 아버지의 권위를 행사한다 해도 너무나 늦었다고 비난함으로써 아버지를 못 견디게 괴롭혔다. 나에게 마르트를 소개한 사람은 바로 아버지가 아니란 말인가? 하고 나는 말했다. 그러자 이번엔 아버지가 압도되었던 것이다. 비극적인 분위기가 집 안에 감돌았다. 내 두 동생들에게 얼마나 엄청난 본보기가 된 것인가! 그들이 앞으로 내 본을 내세워 자기들의 문란한 짓을 정당화하고자 할 때, 그들에게 아무 대답도 할 수 없으리라는 것을 아버지는 예견했던 것이다.

그때까지만 해도 아버지는 내 사랑이 일시적이라고 믿어 왔다. 그러나 또다시 어머니가 편지 한 통을 낚아챈 것이다. 어머니는 자신이 제기한 문제의 증거 서류들을 의기양양하게 아버지에게 갖다주셨다. 그 편지에서 마르트는 우리 장래와 우리 아기에 대하여 적었던 것이다!

어머니는 나를 아직도 어린애로만 생각했으므로 나에게서 손자나 손녀를 얻는다는 것을 온당하게 여길 수가 없었다. 그리고 어머니 나이에 할머니가 된다는 것은 불가능하다고 생각했던 것이다. 요컨대 그것은 어머니에게 있어서, 그 아이가 내 아이가 아니라는 아주 훌륭한 증거였다.

정직함도 아주 격렬한 감정과 결합할 수가 있는 것이다. 어머니는 자신의 깊은 정직성 때문에 한 아내가 자기 남편을 배반한다는 것을 받아들일 수 없었다. 그런 행동은 너무도 바른 길을 벗어난 방탕이어서, 사랑이 문제가 될 수 없었다. 내가 마르트의 애인이었다는 사실은 마르트에게 다른 애인들 또한 있었다는 의미라고 어머니는 믿었다. 아버지는 그런 논법이 얼마나 그릇된지 알고 있었다. 그러나 내 정신에 혼돈을 주기 위해서, 그리고 마르트를 깎아내리기 위해서 아버지는 그 논법을 이용했던 것이다. 그것을 '알지 못하는' 사람은 나뿐이라는 사실을 아버지는 나에게 넌지시 들려주었다. 나는 나에 대한 그녀의 사랑 때문에 그렇게 그녀를 중상모략하는 것이라고 반박했다. 아버지는 내가 그런 소문을 이용하는 것을 원치 않았기 때문에, 그런 소문이 마르트와 내가 사귀기 전에, 그리고 그녀의 결혼 전에 이미 있었던 일이라고 장담하셨다.

집에서 품위 있는 태도를 지켜 오던 끝에 마침내 아버지는 모든 자제력을 잃었다. 그리하여 내가 며칠 전부터 집에 돌아오지 않자, 가정부를 마르트 집에 보내 나에게 쪽지를 전했다. 급히 돌아오라는 아버지의 명령이었다. 내가 말을 듣지 않으면 경찰에다 내가 도주한 것을 알리고 L 부인을 미성년자 유괴죄로 고소하겠다는 것이었다.

마르트는 체면을 지켜 가면서 깜짝 놀란 모습을 보이며 그 가정부에게 말하기를, 내가 찾아오면 곧 그 쪽지를 나에게 전하겠노라고 했다. 나는 내 나이를 저주하면서 집으로 좀 느지막이 돌아갔다. 나이 때문에 나는 내 마음대로 할 수 없었던 것이다. 아버지는 입을 열지 않았다. 어머니도 마찬가지였다. 나는 법전을 뒤져 보았으나 미성년자에 관한 법 조문을 찾아볼 수가 없었다. 참 무심하게도 나는 지금까지의 내 행동 탓에 감화원에 끌려가리라고는 생각지 않았다. 그 법전을 모두 뒤져 본 뒤 마침내 라루스 대사전을 뒤져 보았다. 그 속에서 '미성년자'라는 항목을 찾아 열 번이나 읽어 보았으나, 우리에게 관계되는 것은 아무것도 찾아볼 수 없었다.

그다음 날도 아버지는 나를 그대로 내버려 두었다.

아버지의 이상야릇한 행동의 동기를 알아내려고 하는 사람들을 위해서, 나는 그것을 몇 줄로 요약하겠다. 즉 아버지는 내가 멋대로 행동하도록 놔둔다. 이어서 아버지는 지금껏 방관했던 것을 창피하게 여긴다. 그래서 나에게보다도 자기 자신에게 화가 치밀어서 나를 위협한다. 그러고 나서는 화를 낸 것이 창피해서 고삐를 푸는 것이다.

그랑지에 부인은 시골에서 돌아오자, 이웃사람들로부터 엉큼하고 교활한 유도신문을 받고 눈을 떴다. 내가 자크의 동생이라고 믿는 체하면서 이웃사람들은 우리의 동거를 그랑지에 부인에게 알려 주었던 것이다. 한편 마르트가 자제하지를 못하고 아무것도 아닌 일에 내 이름을 댄다던가, 내가 한 일이나 이야기한 것을 일일이 말하지 않고 못 배겼기 때문에, 그녀의 어머니는 자크의 동생이라는 인물이 누구인가를 그리 오랫동안 생각해 볼 여지도 없었다.

그랑지에 부인은 자크의 아이라고 믿고 있는, 앞으로 태어날 아이가 이 연애 사건에 결말을 맺어 주리라고 확신했기 때문에, 그래도 자기 딸을 용서해 줬다. 그녀는 물의를 일으킬까 겁이 나서 그랑지에 씨에겐 아무 말도 하지 않았다. 그러나 그런 조심성은 자기 정신의 고결함 덕분인데, 마르트가 그것을 고맙게 여기도록 딸에게 알려 줘야만 한다고 생각했다. 자기가 모든 것을 안다는 사실을 딸에게 증명하기 위해 그랑지에 부인은 끊임없이 딸을 괴롭히고 암시적인 말을 하곤 했는데,

어찌나 서투른지 그랑지에 씨는 부인과 둘만 있을 때엔 죄 없는 불쌍한 딸을 좀 친절하게 대해 주라고 간청하곤 했다. 딸에 대한 끊임없는 추측은 기어코 그 애 머리를 돌게 할 것이라는 말이었다. 그렇게 말하면 그랑지에 부인은 때때로 그저 단순한 미소로 대답하곤 했는데, 딸이 모든 것을 고백했다는 사실을 암시하는 투였던 것이다.

부인의 그런 태도와 자크가 첫 휴가를 왔을 때 부인이 보인 태도는 나로 하여금 그랑지에 부인이 비록 딸의 행동을 아주 좋지 않게 보면서도, 단지 남편과 사위가 그르다고 비난할 수 있다는 만족감만으로 그들 앞에서는 마르트가 옳다고 할 것이 틀림없으리라고 믿게 했던 것이다. 요컨대 그랑지에 부인은 마르트가 남편을 배반한 것에 감탄해 마지않았다. 그녀 자신이 소심함 때문에, 혹은 그럴 수 있는 기회가 없었거나 해서 여태껏 감행하지 못했던 일이다. 자기 딸이, 이해받지 못했던 어머니의 복수를 해 주었다고 그녀는 생각했다. 어리석은 이상주의자인 그랑지에 부인은 딸이 나와 같이 어린, 그리고 '여성의 섬세한 심정'을 이해하는 데 있어 어느 누구보다도 적절치 못한 소년을 사랑한다는 것을 원망하는 데 그쳤던 것이다.

마르트가 점점 더 드물게 찾아가는 시집인 라콩브네 사람들은 파리에서 살았기 때문에 아무것도 의심할 수 없었다. 단지 늘 이상하게 보이는 마르트가 차츰 그들 마음에 들지 않을 뿐이었다. 그네들은 앞날을 걱정하고 있었다. 몇 년 후에 그 부부의 살림이 어떻게 될 것인가 생각해 보곤 했던 것이다. 모든 어머니들은 원칙적으로 아들들이 결혼하는 것을 무엇보다도 더 원하지만, 그 아들들이 선택한 여자들은 못마땅하게 여기는 법이다. 자크의 어머니도 그런 아내를 맞이한 아들에 대해 한탄했다. 시누이 라콩브 양이 비방을 하는 중요한 이유는, 마르트가 해변가에서 자크를 알게 되었던 여름에, 순박한 사랑을 꽤 깊이 이끌어 갈 수 있었던 비밀을 마르트가 혼자 간직했다는 사실에서 오는 것이었다. 시누이는 혹시 그런 일이 아직은 없다 해도 앞으로 마르트가 자크를 배반하리라고 말하면서, 이 부부의 장래에 관하여 아주 불길한 예언을 했다.

부인과 딸의 악착같은 비난은 때때로 라콩브 씨가 식탁을 떠나지 않을 수 없게 했다. 그는 선량한 사람으로, 마르트를 사랑했던 것이다. 그러면 모녀는 의미심장한 시선을 교환하는 것이었다. 라콩브 부인의 시선은 이렇게 말하고 있었다. "애야, 봐라. 그런 계집들이 남자들을 호리는 방법을 얼마나 잘 아는가를." 그러면 라콩브 양의 시선은 이렇게 답하는 것이었다. "내가 아직 결혼을 못 한 것은 내가 마르트와 같지 않기 때문이에요." 하고. 사실 이 불쌍한 아가씨는 '시대와 함께 풍습도 달라진다'느니, '결혼이 이젠 예전처럼 이루어지지 않는다'느니 하는 구실로 신랑감들을 놓치곤 했는데, 그렇다고 새로운 풍습을 그다지 어기지도 못하는 주제에 그 지경이었던 것이다. 그녀에게 있어 결혼 희망이란 해수욕 계절에만 계속되었던 것이다. 그곳에서 사귄 젊은이들은, 곧 파리로 돌아가면 라콩브 양에게 청혼을 하러 오겠다고 약속하곤 했다. 그러나 그러고 나선 무소식이었다. 이에 미혼인 채 스물다섯이 되는 라콩브 양의 주된 불만은 아마도 마르트가 그렇게도 손

쉽게 남편을 하나 만났다는 사실일 것이다. 라콩브 양은 자기 오빠 같은 바보만이 그런 여자에게 걸려든다고 생각하면서 스스로를 위안했다.

그렇지만 두 가족의 의심이 어떤 것이든 간에 마르트의 아이 아버지가 자크 외의 다른 사람이리라고는 아무도 생각지 않았다. 그 사실에 나는 몹시 약이 올랐다. 아직도 진실을 말하지 않았다고 마르트를 비겁하다며 비난할 때조차 있었다. 내게만 있는 나약함이 누구에게나 다 있다고 생각하는 나는 처음 사건이 일어났을 때 그랑지에 부인이 그것을 가볍게 다루었으니, 끝까지 그녀가 눈을 감아 주리라고 생각했던 것이다.

그러나 천둥 치는 비바람 소동이 다가오고 있었다. 아버지는 내가 받은 편지 몇 통을 그랑지에 부인에게 보내겠다고 위협했다. 나는 아버지가 그 위협을 실행하기를 바랐다. 그러고 난 다음 나는 깊이 생각해 보았다. 그랑지에 부인은 자기 남편에게 그 편지를 감추리라. 게다가 그들 부부는 그런 소동이 일어나지 않기를 바라고 있는 것이다. 그래서 나는 숨이 막힐 듯했다. 나는 그 비바람의 소동을 부르고 있었던 것이다. 아버지가 그 편지들을 곧장 보내야만 했던 것은 바로 자크에게로였던 것이다.

화가 난 아버지가 편지는 이미 보내졌다고 나에게 말한 날, 나는 아버지의 목을 껴안고 싶을 정도로 기뻐했다. 마침내! 마침내 아버지는 나를 위해 자크가 반드시 알아야 할 것을 그에게 알려 준 것이다. 내 사랑이 아주 미약하다고 믿는 아버지는 딱했다. 그리고 그 편지들을 보면 자크는, 우리 아이가 귀여워서 못 견디겠다고 떠벌리는 편지들을 보내는 것을 그만두게 되리라. 나는 열에 들떠 그러한 행동이 미친 짓이고 있을 수 없는 일이라는 사실을 이해하지 못했다. 그다음 날 아버지가 좀 진정이 되어서, 자신이 거짓말을 했노라고 나에게 고백해 나를 안심시켰다. — 아버지는 그렇게 믿었다. — 그때 비로소 사리를 옳게 판단할 수 있게 되었던 것이다. 그렇게 하는 것은 인정 없는 짓이라고 아버지는 말했다. 물론 옳은 말이다. 그러나 인정이 있는 것과 없는 것을 구별하는 기준이 어디에 있단 말인가?

내 나이에 어른의 연애 사건과 맞붙는 데 따르는 수많은 모순에 녹초가 된 나는, 비겁해지기도 하고 대담해지기도 하면서 내 신경의 힘을 소모해 버리고 말았던 것이다.

사랑은 마르트 외 모든 것을 내 속에서 마비시켜 버렸다. 아버지가 괴로워하리라는 것을 나는 생각하지 않았다. 나는 모든 것을 몹시 그릇되고 옹졸하게 판단했으므로 아버지와 나 사이에 마침내 전쟁이 선포된 것이라고 생각했다. 그러므로 내가 자식의 의무를 짓밟는 것은 오직 마르트를 향한 사랑 때문만이 아니라, 감히 고백하건대 때로는 복수심에서였던 것이다!

아버지가 마르트 집에 있는 나에게 인편으로 보내는 편지들에 나는 이젠 그리 주의를 기울이지 않았다. 집에 좀 더 자주 돌아가 보고, 분별 있는 행동을 하라고 나에게 애원하는 것은 바로 마르트였다. 그러면 나는 이렇게 소리치는 것이었다. "당신까지도 내게 반대할 작정이야?" 나는 이를 악물고 발을 굴렀던 것이다. 그녀에게서 몇 시간 동안 떨어져 있으리라는 생각 때문에 내가 그런 상태에 빠진다는 사실에서 마르트는 자기에 대한 정열의 표시를 본 것이다. 자신이 사랑받고 있다는 그러한 확신은 그녀에게서 내가 일찍이 보지 못했던 단호한 태도를 그녀가 지니게 해 주었다. 내가 자기를 생각하리라는 자신을 얻자, 그녀는 내가 집에 돌아가야 한다고 단호히 주장했던 것이다.

나는 곧 그녀의 용기가 어디서 비롯된 것인가를 알아차렸다. 나는 작전을 바꾸었다. 나는 그녀가 타이르는 말을 듣는 체했다. 그러자 그녀는 별안간 태도가 달라지는 것이었다. 내가 그토록 고분고분한 것을 (또는 그토록 가볍게 넘어가는 것을) 보자, 내가 자기를 사랑하지 않나 하는 두려움에 사로잡혔던 것이다. 이번엔 자기 집에 그대로 머물러 있어 달라고 애원하는 것이었다. 그토록 그녀는 내 사랑의 다짐을 몹시 받고 싶어 했던 것이다.

그런데 한번은 아무런 작전도 성공을 거두지 못했다. 사흘 전부터 나는 집에 발을 들여놓지 않았다. 그리고 마르트에게 하룻밤을 더 그녀와 함께 지내겠다는 의사를 표시했다. 그녀는 애무, 때로는 위협 등 모든 수단을 다 써서 그 결심을 돌리려고 했다. 이번엔 그녀가 술책을 쓰기까지 했다. 그녀는 마침내 내가 우리 집으로 가지 않으면 자기가 친정으로 가서 자겠다고 선언했다.

우리 아버지는 그녀가 그런 아름다운 행동을 한다 해도 그리 대수롭게 여기지 않으리라고 나는 대답해 주었다. "아, 그래요!" 자기는 친정으로 가지 않고 마른 강가로 가겠다는 것이었다. 그리고 감기에 걸려서 죽겠다는 것이었다. 그러면 나에게서 결국 해방되리라며 이렇게 말하는 것이었다. "하지만 우리 아이만은 적어도 불쌍하게 여겨 줘요. 제멋대로 그 애의 생명을 위태롭게 하진 말아 줘요." 그녀는 내가 나에 대한 자기 사랑을 농락하며, 그 사랑의 한계를 알려고 한다고 나를 비난했다. 그러한 끈질긴 주장에 대하여 나는 아버지의 말을 그녀에게 되풀이해 주었다. 즉 누구하고인지는 모르겠으나 그녀는 나를 배반하고 있으며, 나는 절대로 속지 않는다고 말이다. "당신이 우겨 대고 양보 않는 단 하나의 이유란, 오늘 저녁에 당신 애인을 맞으려고 그러는 거지?" 하고 나는 말했다. 그처럼 미치광이 같은 부당한 말에 무슨 말로 대답할 수 있단 말인가? 그녀는 나를 외면했다. 나는 그녀에게 그러한 모욕을 받고도 펄쩍 뛰지 않는 것을 나무랐던 것이다. 마침내 나는 여러 모로 애쓴 끝에 그녀가 나와 함께 밤을 지낸다는 동의를 얻고 말았다. 그러나 그것은 자기 집에서가 아니라는 조건에서였다. 그녀는 다음 날 자기 집 주인네가 우리 집에서 온 심부름꾼에게 자기가 집에 있다고 이야기할 것이 무엇보다도 싫었기 때문이다.

어디서 잔단 말인가?

우리들은 의자 위에 서서 어른들보다 머리 하나가 더 크다고 뽐내는 어린이들에 불과했다. 주위 환경이 우리를 치켜세웠으나 우리에겐 무엇인가 할 수 있는 능력이 없었던 것이다.

그리고 우리가 경험이 없어 어떤 복잡한 일을 아주 단순하게 본 것처럼 이번엔 아주 단순한 일을 장애물로 보았던 것이다. 우리는 폴의 스튜디오를 쓸 생각을 감히 못 했던 것이다. 문지기 아주머니에게 동전 한 닢을 주면서 우리가 가끔 찾아오겠다고 말할 수 있다는 것을 나는 생각지 못했던 것이다.

따라서 우리는 호텔로 가서 자야만 했다. 그 호텔이란 곳에 나는 간 적이 없었다. 호텔 문턱을 넘어설 생각을 하니 몸이 떨렸다.

어린아이는 구실을 찾는 법이다. 늘 부모 앞에 불려 가서 자기변명을 해야 하므로 거짓말을 한다는 것은 피할 수 없는 일이다.

수상쩍은 호텔 보이에게까지 나는 해명을 해야만 하리라고 생각했다. 그래서 내의 몇 벌과 세면 도구가 우리에게 필요하리라는 핑계를 대면서, 마르트에게 트렁크를 하나 마련하라고 강요했던 것이다. 우리는 방은 둘 달라고 할 작정이었다. 그러면 우리를 오누이로 볼 것이기 때문이었다. 나는 방 하나만을 감히 청하지 못할 것이다. 내 나이는 (카지노에서도 내쫓길 나이며) 굴욕당하기에 알맞기 때문이었다.

밤 11시에 하는 여행은 끝없이 지루해 보였다. 우리가 탄 찻간에는 두 사람이 타고 있었는데, 한 여인이 대위인 자기 남편을 동부 역까지 전송하는 것이었다. 기차간에는 난방 장치도 없었고, 불이 켜 있지도 않았다. 마르트는 축축한 유리창에 머리를 기대고 있었다. 그녀는 잔인한 어린 소년의 변덕을 받아 주고 있었다. 나는 몹시 부끄러웠다. 그리고 항상 그녀에게 퍽 다정한 자크가 나보다 얼마나 더 그녀의 사랑을 받을 자격이 많은가를 생각하며 괴로워했던 것이다.

나는 낮은 목소리로 변명하지 않을 수가 없었다. 그러자 그녀는 머리를 저으면서 "그이와 함께 행복한 것보다 당신 곁에서 불행한 것이 오히려 더 좋아." 하고 중얼거리는 것이었다. 그것은 아무 뜻도 없는 사랑의 말들이고, 또한 옮기기 부끄러운 말들이다. 그러나 사랑하는 사람의 입으로부터 나오는 경우, 상대방을 도취되게 하는 그러한 말인 것이다. 나는 마르트의 그 말을 이해할 것 같았다. 그렇지만 그 말이 정확히 무엇을 뜻하는 것일까? 사랑하지 않는 사람과 함께 있어도 행복할 수가 있다는 것인지?

사랑이란 한 여인을 아마도 평범하지만 지극히 평온한 운명에서 이끌어 낼 수 있는 권리를 부여하는지 나는 자문해 보았으며, 아직도 자문한다. "나는 불행하더라도 당신과 함께 있는 것이 더 좋아." 그 말 속엔 무의식적인 비난이 내포된 게 아닐까? 마르트는 물론 나를 사랑하기 때문에 자크와 함께는 생각도 못 할 시간을 나와 함께는 보낸다. 그러나 그렇게 행복한 순간을 보내는 게 내가 잔인해도 좋다는 권리를 나에게 준단 말인가?

우리는 바스티유 역에서 내렸다. 추위라는 것을 나는 세상에서 제일 깨끗하다고 생각해 왔기 때문에 참아 냈는데, 그 역 대합실에서 겪은 추위는 항구에서 겪는 더위보다도 더 더러웠고, 그것을 상쇄해 주는 즐거움도 없었다. 마르트는 경련이 일어난다고 불평했다. 그녀는 내 팔에 매달렸다. 자신의 아름다움과 젊음을 망각한 거지 한 쌍처럼 자신을 창피하게 여기는 애처로운 부부였다.

나는 마르트의 임신한 배가 우스꽝스럽게 여겨졌다. 그래서 눈을 아래로 깔고 걸었다. 나는 아버지로서의 자랑스러움과는 동떨어져 있었다.

우리는 얼음같이 차가운 비를 맞으며 바스티유 역과 리용역 사이를 배회했던 것이다. 호텔이 눈에 띌 때마다 나는 그곳에 들어가지 않기 위해 고약한 구실을 꾸며 대곤 했다. 나는 마르트에게 적당한 호텔, 여행자들의 호텔, 오직 여행자들만이 드는 호텔을 찾고 있다고 말했다.

리용 역 광장에 이르러선 빠져나간다는 것이 어렵게 되었다. 마르트는 그 형벌을 이젠 중단해 달라고 나에게 명령했던 것이다.

그녀가 밖에서 기다리는 동안 나는, 알 수 없는 뭣인가를 기대하면서 호텔 현관으로 들어섰다. 보이가 방을 원하느냐고 물었다. 그렇다고 대답하는 것은 쉬운 일이었다. 너무나도 쉬운 일이었다. 그런데 나는 현장에서 들킨 호텔털이처럼 변명을 꾸며 대느라고, 라콩브 부인이 그 호텔에 묵고 있느냐고 물었다. 나는 보이에게 그것을 물으면서 얼굴을 붉혔고, 또한 그 보이가 "이봐, 젊은이, 누굴 놀리는 거요? 그녀는 저 한길에 있지 않소?" 하고 나에게 말할까 봐 겁내었던 것이다. 그는 숙박부를 뒤져 보았다. 나는 주소를 잘못 안 게 틀림없다고 말하고는 밖으로 나왔다. 그리고 마르트에게 호텔에 이젠 방이 없으며, 이 거리에서는 빈 방을 찾을 길이 없을 거라고 말했다.

나는 숨을 돌렸다. 도망치는 도둑처럼 급히 서둘렀던 것이다.

마르트를 억지로 호텔에 데려 가고 나서는 그곳에서 도망칠 궁리만 했던 터라, 조금 전까지 나는 그녀를 생각할 여유가 없었다. 이제 나는 그 불쌍한 마르트를 바라보았다. 나는 솟구치는 눈물을 삼키고 있었다. 그리고 그녀가 어디에서 잠자리를 찾겠느냐고 나에게 물었을 때, 나는 병자인 나를 원망하지 말고 그녀는 J로, 나는 우리 집으로 얌전하게 돌아가자고 그녀에게 애원했다. 병자! 얌전하게! 그런 빗나간 어울리지 않는 말들을 듣자 그녀는 기계적으로 미소를 띠었다.

나의 부끄러움은 돌아오는 길을 극적으로 만들어 버리고 말았다. 그런 잔인한 일을 겪은 다음 마르트는 불행하게도 나에게 이렇게 말했던 것이다. "어쨌든 당신은 참 심술궂은 사람이야." 하고. 나는 화가 치밀었다. 나는 그녀가 관대하지 못하다고 생각했던 것이다. 그와 반대로 그녀가 아무 말도 않고 그 일을 잊어버린 체했다면, 나는 그녀가 나를 병자나 정신이상자로 생각하고 그러는구나 하는 공포에 사로잡혔을 게 틀림없었다. 그래서 나는 그녀가 이렇게 말할 때까지 직성이 풀리지를 않았다. 즉 자기는 그날 일을 잊지 않았다는 것, 그러나 비록 자기가 당신을 용서하긴 하지만 그 관대함을 당신이 이용해서는 안 되고, 어느 날엔가는 당신의 학대에 지쳐서 피로가 우리 사랑을 짓밟아 버리면 당신을 혼자 있게 버려 버릴 것이라는 등의 말이었다. 그러한 말을 그녀가 나에게 억지로 하게 했을 때, 비록 그녀의 위협을 믿지는 않았지만, 나는 유원지 고속 궤도 열차를 탔을 때의 공포와 아주 유사한, 한층 더 강열해지는 감미로운 고통을 느꼈던 것이다. 그러자 나는 마르트에게 달려들어 전보다 더 정열적인 키스를 했다.

"나를 버리고 가겠다고 다시 말해 봐." 하고 헐떡거리며 나는 그녀에게 말했다. 그리고 내 두 팔로 그녀를 으스러뜨릴 정도로 죄어 댔다. 그러자 노예라도 그렇게까지 할 수 없는, 오직 심령술사만이 할 수 있는 복종을 하며 그녀는 나를 기쁘게 하기 위해 자신도 알지 못하는 말들을 되풀이하는 것이었다.

여기저기 호텔을 찾아다니던 그 밤은 결정적이었다. 그러
나 기상천외한 짓을 너무 많이 해 온 터라 나는 그것을 잘 이
해할 수 없었다. 나는 평생 살다 보면 그렇게 균형을 잃고 순
조롭지 않을 수도 있으리라 생각했지만, 마르트로 말하자면
그날 돌아오는 찻간에서 지치고 낙담해 이를 딱딱 마주치면
서 '모든 것을 깨달았던 것이다.' 그녀는 아마도 한 해 동안 그
처럼 미친 듯이 몰아 대는 차로 끌려다니는 끝에 죽음 외엔 다
른 해결 방법이 없다는 것을 알았으리라.

그다음 날, 이전과 마찬가지로 마르트가 침대에 누워 있는 것을 나는 보았다. 나는 그 침대에 함께 누우려고 했다. 그러자 그녀는 나를 부드럽게 밀치는 것이었다. "몸이 좀 불편해. 돌아가 줘요. 내 곁에 있지 말고. 감기가 옮겠어요." 하고 그녀는 말했다. 그녀는 기침을 했고, 열이 났다. 그녀는 나무라는 기색을 보이지 않기 위해 미소를 지으면서, 나에게 어제저녁 감기가 들었던 모양이라고 말했다. 어지간히 괴로워하면서도 그녀는 내가 의사를 부르러 가지 못하게 했다. "아무 일도 아니에요. 따뜻한 데에서 쉬면 될 거야." 하고 그녀는 말했다. 사실은 나를 의사에게 보냄으로써 자기 집안과 오랜 친구인 그 의사에게 의심받는 것이 싫었던 것이다. 나는 마음의 안정을 몹시 바라던 터여서, 마르트의 거절은 내 불안을 덜어 주었다. 그러나 내가 저녁을 먹으러 집으로 떠나려 하자, 마르트가 나에게 길을 돌아가면서 편지 한 통을 의사 집에 전해 주겠느냐고 물었을 때, 나에겐 조금 전보다 더 한층 강한 불안감이 되살아났던 것이다.

다음 날 마르트의 집에 도착했을 때 나는 그 의사를 층계에서 만났다. 나는 감히 그에게 물어보지는 못하고, 걱정스럽게 그를 바라보았다. 그의 침착한 모습에 나는 안심했다. 그러나 그것은 직업적인 태도에 불과했던 것이다.

나는 마르트의 방으로 들어갔다. 그녀는 어디로 갔을까? 방은 비어 있었다. 마르트는 이불 속에 머리를 감추고 울고 있었던 것이다. 의사는 그녀에게 해산할 때까지 방 안에 있으라는 엄명을 내린 것이었다. 게다가 그녀의 건강 상태는 간호를 필요로 했다. 따라서 그녀는 친정에 가 있어야만 했던 것이다. 우리는 헤어져야만 했다.

불행은 조금도 인정되지 않는다. 오직 행복만이 당연한 것처럼 보이는 것이다. 그런 이별을 아무런 저항 없이 받아들이면서 용기를 보인 것이 아니다. 단지 뭐가 뭔지 몰랐던 것에 불과하다. 자기 죄의 판결을 선고받는 사형수처럼 나는 의사의 결정을 멍청히 듣고 있었던 것이다. 판결을 받을 때 죄인이 창백해지지 않으면 사람들은 말할 것이다. "참 용감하군!" 하고. 그러나 천만의 말씀이다. 오히려 상상력 결핍 때문에 그런 것이기 때문이다. 형을 집행하기 위해 그를 깨울 때 비로소 그 죄수는 자기가 받은 판결문을 '이해하는' 것이다. 그와 마찬가지로 의사가 보낸 마차가 왔다는 것을 사람이 마르트에게 알리러 왔을 때 비로소 나는 우리가 이젠 서로 못 만나리라는 사실을 알게 되었던 것이다. 의사는 아무에게도 알리지 않겠다고 마르트에게 약속해 주었던 것이다. 마르트는 예고 없이 자기 집에 도착하기를 원했기 때문이다.

나는 그랑지에 집과 약간 떨어진 곳에서 마차를 멈추게 했다. 세 번이나 마부가 뒤를 돌아본 다음에 우리는 마차에서 내렸다. 그 사람은 우리의 세 번째 키스 장면을 보았다고 생각했던 모양이나 처음부터 여전히 계속되는 키스를 봤을 뿐이다. 나는 서로 연락할 수 있는 최소한의 조치도 마련해 놓지 않고 마르트와 헤어졌는데, 마치 한 시간 뒤에 서로 만날 사람인 양 거의 작별 인사도 하는 둥 마는 둥 했다. 벌써부터 호기심에 가득 찬 이웃사람들이 창가에서 기웃거렸기 때문이다.

어머니는 내 두 눈이 충혈된 것을 알아챘다. 내가 두 번이나 계속해서 숟가락을 수프에 떨어뜨렸기 때문에 누이동생들은 웃어 댔다. 마룻바닥이 흔들렸다. 내겐 고통에 처해도 침착함을 잃지 않는 그런 기질이 없었다. 그래서 나는 마음과 영혼의 현기증을 뱃멀미에 비유해 보는 것보다 더 잘된 비유는 없을 거라고 생각했던 것이다. 마르트가 없는 인생이란 하나의 기나긴 항해와 같았다. 나는 목적지에 다다를 것인가? 마치 처음으로 뱃멀미를 겪을 때, 항구에 닿는지는 아랑곳하지 않고 차라리 그 자리에서 죽기를 바라듯이 나는 장래에 대하여 마음을 쓰지 않았다. 며칠이 지나자 좀 덜해진 멀미가 나로 하여금 흔들리지 않는 육지를 생각하게 하는 여유를 주는 것이었다.

마르트의 부모는 이젠 대체로 간파하고 있었다. 그들은 그녀가 보는 앞에서 내가 보낸 편지들을 숨기는 것으로 만족하지 않았다. 그들은 그 편지들을 그녀 방 벽난로에다 태워 버렸던 것이다. 나에게 보내는 그녀의 편지들은 연필로 씌어서 잘 보이질 않았다. 그 편지들은 그녀 동생이 우체통에 갖다 넣어 준 것이었다.

나는 이제 집안싸움을 겪을 필요가 없었다. 저녁때엔 불 앞에서 아버지와 다정한 대화를 다시 나누게 되었던 것이다. 한 해 동안 내 여동생들에게 나는 이방인이 되어 있었다. 그 애들은 옛날처럼 다시 나와 친해졌다. 내가 제일 어린 누이동생을 무릎 위에 앉혀 놓고 희미한 불빛을 틈타서 아주 격렬하게 껴안자, 그 애는 웃음 반 울음 반으로 발버둥질 쳤다. 나는 내 아이를 생각하며 그렇게 했던 것이다. 그러자 나는 서글퍼졌다. 내 아이에게 지금보다 더 강한 애정을 느낄 수 없을 것 같았기 때문이다. 내 아이가 남동생이나 여동생과는 다르다는 것을 알 만큼 나는 어른스러워졌단 말인가?

아버지는 나에게 기분 전환을 하라고 일러 주었다. 내가 조용히 있었기 때문에 그렇게 권하는 것이었다. 이젠 할 수 없는 일을 제외하고 내게 할 일이 무엇이 있었겠는가? 초인종 소리가 들릴 때, 차가 지나갈 때마다 나는 몸을 떨곤 했다. 나는 내 감옥 속에서 분만을 알리는 아주 조그만 징조라도 잡으려고 엿보고 있었다.

무엇인가를 알리는 소리를 기다린 덕분에 어느 날 내 귀에 종소리가 들려왔다. 휴전을 알리는 종소리였다.

나에게 있어 휴전이란 자크의 귀환을 뜻했다. 벌써 마르트의 머리맡에 있는 자크의 모습이 내 눈에 띄었다. 내가 어떻게 손을 쓸 도리도 없이 말이다. 나는 이제 끝장난 것이다.

　아버지는 파리에서 돌아왔다. 그는 나에게 함께 파리로 가 보자고 했다. "그런 축제를 안 볼 수야 없지 않느냐?" 하고 아버지는 말했다. 그래서 나는 감히 거절하지 못했다. 괴물처럼 보일까 봐 두려웠기 때문이다. 그리고 요컨대 미칠 듯한 불행 속에 빠져 있던 나는 다른 사람들이 즐거워하는 것을 보러 가는 것이 나쁘지는 않았다.

　하지만 솔직히 말해서 타인들의 즐거움이 그다지 큰 부러움을 불러일으키지는 않았다. 군중 심리를 느낄 수 있는 것은 나뿐만이라는 기분이 들었다. 나는 애국심을 찾아 보았다. 아마도 나의 편견 때문인지 모르겠으나, 뜻밖의 휴가를 얻은 환희만 보일 뿐이었다. 즉 늦게까지 여는 카페, 또는 파리 여점원이나 여직공에게 군인들이 키스할 수 있는 권리 등과 같은 것이었다. 그 광경은 나를 슬프게 하든가, 나에게 질투심을 일으키게 하든가, 그렇지 않으면 숭고한 감정을 불어넣어서 내 기분을 풀어 주리라고까지 나는 생각했다. 그러나 생트 카트린 축제[17]처럼 나를 싫증나게 해 줬다.

---

17) 성녀(聖女) 카트린 달렉상드르의 축제일이며, 미혼 처녀가 스물다섯 살이 되는 해 12월 15일에 경축을 하는 것을 말함.

며칠 전부터 나는 편지를 한 통도 받지 못했다. 좀처럼 내리지 않는 눈이 오던 어느 날 오후, 그랑지에네 아이가 나에게 전하라는 메시지를 내 동생들이 갖다주었다. 그랑지에 부인의 냉랭한 편지였다. 급히 와 달라는 것이었다. 나에게 무엇을 원하는 것일까? 마르트와 간접적으로라도 접촉할 수 있는 기회인지도 모른다는 생각에 내 불안이 가셨다. 나에게 자기 딸을 다시 봐선 안 되며, 서로 편지를 해서도 안 된다고 말하는 그랑지에 부인의 모습과 잘못을 저지른 학생처럼 머리를 숙이고 그 말을 듣고 있는 내 모습을 나는 머릿속으로 그려 보았다. 소리를 지를 수도 없고 화를 낼 수도 없을 것이니, 어느 몸짓도 내 증오심을 나타내지는 않으리라. 나는 공손히 인사를 할 것이며, 그러면 문은 영원히 닫힐 것이다. 그때 가서야 나는 말대꾸와 악의에 찬 반론과 신랄한 말들을 찾아낼 것이고,

그런 말들을 하면 그랑지에 부인에게 자기 딸의 애인이, 잘못을 저지르다 잡힌 중학생 모습보다는 덜 한심해 보이는 인상을 남겨 주리라. 나는 그런 장면을 계속해서 예상하고 있었던 것이다.

조그만 응접실로 들어섰을 때, 나는 처음으로 그곳을 방문했을 때의 일이 되살아나는 것 같았다. 이 방문이 아마도 이젠 마르트를 또다시 만나지 못하리라는 뜻으로 여겨졌다.

그랑지에 부인이 들어왔다. 나는 그녀의 키가 작은 것이 안타까웠다. 왜냐하면 그녀는 거만을 떨고자 했기 때문이다. 그녀는 아무 일도 아닌 것에 귀찮게 오라고 해서 미안하다고 했다. 그녀는 편지로 묻기엔 너무나 복잡한 것을 알아보기 위해서 그 메시지를 보냈는데, 그동안에 그것을 알게 되었다고 말했다. 이 부조리한 수수께끼 같은 말은 어떤 큰 재난보다도 나를 더 괴롭혔다.

마른 강 부근에서 나는 철책에 기대어 있는 그랑지에네 아이를 만났다. 그 녀석은 얼굴 한복판을 눈 덩어리로 한 대 얻어맞았던 것이다. 그 애는 홀쩍거리며 울고 있었다. 나는 그 애를 귀여워하며 구슬렸다. 나는 그 애에게 마르트에 대해서 물었다. 자기 누이가 나를 부르곤 했다고 그 애는 나에게 말했다. 그러나 그녀의 어머니는 못 들은 체했다는 것이다. 하지만 그녀의 아버지는 "마르트가 아주 위독하니, 그 애 청을 들어 줘야 하오."라고 말했다는 것이다.

그러자 나는 대뜸, 그랑지에 부인의 아주 부르주아적이고 이상야릇한 행동을 알 수 있었다. 그녀는 자기 남편의 말을 존중하고, 빈사 상태에 있는 딸의 뜻을 따라서 나를 불렀다. 그러나 위험한 상태가 지나가고 마르트가 무사하자, 다시 금족령을 내린 것이다. 나는 즐거움을 누릴 수 있었을 것임에 틀림없었다. 나는 그 병의 위험한 고비가 나로 하여금 환자를 보게 할 만큼 계속되지 않았던 것을 애석히 생각했다.

이틀 뒤에 마르트가 나에게 편지를 써 보냈다. 그녀는 나의 방문에 관하여 아무런 말도 하지를 않았다. 틀림없이 그녀에게 그 사실을 숨겼던 모양이다. 마르트는 우리 미래에 관하여 말했는데, 독특하고 맑으며 천사 같은 투가 나를 좀 불안하게 했다. 사랑이란 이기주의의 가장 격렬한 형태라는 것이 사실일까? 왜냐하면 내 불안의 이유를 찾아보고, 내가 우리 아이에게 질투하고 있다고 여겼기 때문이다. 이제 마르트는 나보다도 그 아이에 대하여 더 한층 많은 말을 했던 것이다.

우리는 그 아이의 출산을 3월로 잡고 있었다. 그런데 1월의 어느 금요일, 내 동생들이 숨을 헐떡이며 달려와선, 그랑지에 소년이 사내 조카를 봤다고 집 식구들에게 알려 주었던 것이다. 나는 내 동생들이 어째서 의기양양해하는가, 왜 그렇게 뛰어왔는가를 납득할 수 없었다. 그 소식이 나에겐 야릇할 수 있으리라는 사실을 그 애들은 물론 알아채지 못했을 것이다. 그러나 내 동생들은 삼촌이란 나이가 든 사람이어야만 되는 것으로 생각했던 것이다. 따라서 어린 그랑지에가 삼촌이 되었다는 것은 대단히 큰일이 아닐 수 없었다. 그래서 그 애들은 자기네의 놀라움을 우리와 같이하고자 그렇게 달려온 것이다.

항상 우리 눈앞에 있던 물건도 있던 자리가 조금 바뀌기만 하면, 그것을 알아보는 데 굉장히 힘이 드는 법이다. 그랑지에 소년의 조카라는 마르트의 아이가 바로 내 아이라는 것을, 나는 즉시 알아채지 못했던 것이다.

공공장소에서 전기가 나갔을 때 일어나는 광란 상태, 나의 마음은 그런 상태의 무대였다. 갑자기 내 마음속은 캄캄해졌다. 그런 어둠 속에서 내 감정은 혼란에 빠져 버렸다. 나는 나 자신의 모습을 알고자 애썼다. 나는 정확한 날짜를 어림해 보았다. 마르트가 나를 배반하리라고는 생각을 하지 못했을 때 그녀가 간혹 그러는 것을 본 대로, 손가락들로 꼽아서 날짜를 세어 보았다. 그러나 그러한 행위는 아무 소용이 없었다. 나는 더 이상 계산을 할 수가 없었다. 3월에나 볼 것으로 예상했던 아이가 1월에 태어나다니 어떻게 된 아이인가? 그러한 비정상적인 상태에 대해 내가 찾아보았던 모든 해명은 바로 내 질투심이 제공해 주는 해명뿐이었다. 그러자 곧 나는 확신이 생겼다. 그 아이는 자크의 아이였다. 아홉 달 전에 그가 휴가를 오지 않았던가! 따라서 그때부터 마르트는 나를 속였던 것이다. 게다가 그 휴가에 대해서 그녀는 이미 나에게 속이지 않았던가! 그 저주스러운 보름 동안 자크가 접촉하려는 것을 거부했다고 처음엔 나에게 맹세했다가, 오랜 뒤에 자크가 여러 번 자기 육체를 소유했다고 나에게 고백하지 않았던가!

그 아이가 자크의 아이일 수도 있으리라는 것을 나는 깊이 생각해 본 적이 결코 없었다. 그리고 마르트의 임신 초기에 그 아이가 자크의 아이이기를 비겁하게도 바라긴 했어도, 나는 돌이킬 수 없는 일에 처했다고 믿고, 내가 확실히 그 애 아버지라는 생각이 몸에 배어 여러 달 동안 내 아이가 아닌 그 아이를 사랑하게 되었다는 것을 오늘에 와서야 고백하지 않을 수 없었다. 어찌하여 내가 그 애 아버지가 아니라는 것을 안 순간에나 비로소 아이 아버지의 심정을 느껴야만 했단 말인가!

보다시피 나는 어처구니 없는 혼돈 속에 처해 있었다. 헤엄칠 줄도 모르는데 한밤중에 물에 던져진 것처럼 말이다. 나는 이젠 아무것도 이해할 수가 없었다. 내가 특히 무엇보다도 이해할 수 없었던 일은, 그 합법적인 적출의 아들에게 내 이름을 붙인 마르트의 대담함이었다. 어떤 순간에는 그런 행동에서 그 아이가 내 아이가 되는 것을 원치 않았던 운명을 향해 던진 하나의 도전을 나는 엿보았던 것이다. 그리고 어떤 순간엔 그 행동 속에서 나는 내가 마르트에게서 발견하고 여러 번 충격을 받았던 그 요령부득, 그 센스의 부족 — 물론 나에 대한 그녀의 극단적인 사랑에 지나지 않았지만 — 만을 보고자 했던 것이다.

나는 그녀를 모욕하는 편지를 쓰기 시작했다. 나는 자존심을 회복하기 위해서라도 그녀에게 그런 편지를 써 보내야 한다고 생각했던 것이다! 그러나 쓸 말이 떠오르지 않았다. 왜냐하면 내 정신은 다른 곳, 더 고상한 곳에 있었기 때문이다.

그래서 나는 쓰던 편지를 찢어 버렸다. 다른 편지를 하나 썼는데, 거기엔 내 마음에서 우러나오는 말을 썼던 것이다. 나는 그녀에게 용서를 빌었다. 무엇에 대한 용서를? 아마 그 아이는 자크의 아들임에 틀림이 없다. 그렇더라도 나를 사랑해 달라고 나는 그녀에게 애원했던 것이다.

나이가 아주 어린 남자는 고통에 순응하지 않는 동물과 같은 것이다. 벌써 나는 내 운명을 달리 꾸미고 있었으니 말이다. 나는 아이가 다른 사람의 아이라는 사실을 거의 받아들이고 있었다. 그러나 내가 그녀에게 보내는 편지를 다 쓰기도 전에 나는 기쁨에 넘치는 마르트의 편지를 받았다. 그 아이는 우리 아들로, 이 개월이나 빨리 태어났다는 것이다. 그래서 그 아이를 인큐베이터에 넣어 두어야만 한다고 했다. "나는 하마터면 죽을 뻔했어." 하고 그녀는 썼다. 그 말은 어린애 장난처럼 나를 재미있게 해 주었다.

왜냐하면 나는 모든 것이 즐겁기만 했기 때문이다. 나는 그 아이의 탄생을 온 세상에 알리고 싶었고, 내 동생들에게도 그들 역시 삼촌이 된다고 말해 주고 싶었다. 그런 즐거움 속에서 나는 자신을 멸시했다. 마르트를 어떻게 의심할 수 있었단 말인가? 그 후회하는 마음은 내 행복감과 뒤섞여 이전보다도 한층 더 강렬하게 마르트를 사랑하게 했으며, 또한 내 아들을 사랑하도록 했다. 전후가 어긋나는 생각이지만 오해를 했던 것을 나는 기쁘게 여겼다. 요컨대 잠시 동안이라도 고통을 맛보았다는 것을 만족스럽게 생각했다. 적어도 나는 그렇게 믿었다. 그러나 아주 가까운 곳에 있는 것만큼 그것 자체를 닮지 않은 것은 없다. 죽을 뻔했던 사람은 죽음을 안다고 믿는다. 어느 날 마침내 그 죽음이 나타나면 그는 그 죽음을 알아채지 못한다. 그리고 "이것이 죽음은 아닌데……." 하고 죽어 가면서 말하는 것이다.

그 편지에서 마르트는 또한 "아기는 당신을 닮았어."라고 말했다. 나는 갓 탄생했을 때의 내 동생들을 본 경험이 있었다. 그래서 한 여인의 사랑만이 오직 갓난아이에게서 자기가 바라는 닮음을 발견해 낼 수 있다는 것을 알고 있었다. "아기 눈은 내 눈을 닮았어." 하고 그녀는 덧붙였다. 그리고 그 한 아이에게서 우리 둘이 합쳐진 것을 보고 싶다는 그녀의 욕망만이 오직 그 아이에게서 자기 눈을 닮은 사실을 알아보게 할 수 있었으리라.

그랑지에 집에선 이제 더 이상 의문을 품을 수 없게 되었다. 그들은 마르트를 저주했다. 그러나 그 추문이 가족 전체에 '튀어서 파급되지' 않게 하기 위해 그녀와 공모자가 되었던 것이다. 그 문제에 있어 또 하나의 공모자인 의사는 아이를 조산했다는 사실을 감추고서 그녀의 남편에게 인큐베이터의 필요성을 꾸며낸 이야기로 설명해 주는 역할을 맡을 참이었다.

그 뒤 며칠 동안 마르트가 아무 소식을 전하지 않는 것을 나는 당연한 처사로 여겼다. 자크가 그녀 곁에 있을 것임에 틀림없었기 때문이다. '그의' 아들의 탄생 때문에 그 불행한 자크에게 주어진 이번 휴가만큼 나에게 타격을 주지 않는 휴가도 없었다. 나의 마지막 유치한 감정의 충동 속에서, 나 덕분에 자크가 그 휴가를 얻게 되었다고 생각되자, 나는 미소를 짓기까지 했던 것이다.

우리 집에선 평온 상태가 계속되었다.

진짜 예감은 우리 정신이 가 보지 못한 깊은 곳에서 형성된다. 그래서 때때로 그 예감이 우리에게 시키는 행위를 우리가 아주 잘못 해석하는 것이다.

나는 행복에 젖어서 한층 더 자신이 다정해졌다고 믿었다. 그리고 내 행복했던 추억이 맹목적인 숭배의 대상으로 바꿔 놓은 집 안에 마르트가 있다는 것을 알고 기뻐했다.

죽어 가면서도 죽음을 알아차리지 못하는 한 타락한 사람이 별안간 자기 주변을 정리한다. 그의 생활은 바뀐 것이다. 그는 서류들을 정리한다. 일찍 일어나고 일찍 잠자리에 든다. 그는 자기의 악습들을 버리는 것이다. 그의 주위 사람들은 기뻐해 마지않는다. 따라서 그의 갑작스러운 죽음은 그렇기 때문에 한층 더 부당한 죽음으로 보이는 것이다. 그는 행복하게 살아가려는 참이었는데.

그와 마찬가지로 내 생활의 새로운 평온함은 유죄를 선고 받은 죄인의 몸치장에 불과했다. 내겐 아들이 하나 있었기 때문에 나 자신이 훌륭한 아들이 되었다고 나는 생각했다. 내 애정이 나를 아버지, 어머니와 가깝게 해 줬는데 그것은 얼마 안 있으면 내가 그들의 애정을 필요로 할 것이라는 사실을 내 마음속의 무엇인가가 알고 있었기 때문이다.

어느 날 정오에 남동생들이 마르트가 죽었다고 식구들에게 외치면서 학교에서 돌아왔다.

벼락이 어떤 사람 위에 떨어지는 경우 너무나도 재빠르기 때문에 그 벼락을 맞은 사람은 괴로움을 느낄 여지가 없다. 그러나 그와 함께 있는 사람에겐 비참한 광경인 것이다. 나는 아무것도 느끼지 못했는데, 아버지의 얼굴은 일그러졌다. 아버지는 남동생들을 밀어냈다. "나가! 너희들은 미쳤어, 너희들은 미쳤어." 하고 아버지는 떠듬떠듬 말했다. 나는 몸이 굳고 차가워지며, 화석이 되어 가는 듯한 느낌이 들었다. 이어서 죽어 가는 사람의 눈 앞에서 일생의 모든 추억이 한순간에 전개되듯이, 그녀가 죽었다는 확실한 사실은 내 사랑과 그 사랑이 지닌 모든 끔찍함까지 함께 나에게 드러내 주고 만 것이다. 아버지가 울고 있었기 때문에 나도 흐느껴 울었다. 그러자 어머니가 나를 두 손으로 잡았다. 눈물 흔적도 없이 메마른 두 눈으로 어머니는 성홍열 환자를 다루는 것처럼 냉정하나 다정하게 나를 돌봐 줬다.

내가 졸도했었기 때문에, 집 안이 왜 조용해야 하는지 처음 며칠 동안 내 동생들은 납득했다. 그러나 그 후에 그들은 어떻게 된 것인지 알 수가 없었다. 동생들은 시끄럽게 장난 치지 말라는 소리를 듣지 못했다. 그런데도 그들은 입을 다물고 조용히 있었다. 그러나 정오에 현관 타일 바닥에 동생들 발소리가 나면, 마치 그들이 매번 마르트의 죽음을 나에게 알리기라도 하듯 나는 기절을 하곤 했다.

마르트! 나는 질투심으로 그녀를 무덤까지 뒤따라 가서, 죽음 뒤엔 아무것도 없기를 바랐던 것이다. 따라서 사랑하는 사람이 우리들이 참석하지 않은 잔치의 수많은 손님 틈에 함께 끼어 있다는 것은 참을 수 없는 일이다. 내 마음은 아직 미래 같은 것을 생각하지 않는 나이에 속해 있었다. 그렇다! 내가 마르트를 위해 바랐던 것은 어느 날엔가 그녀를 다시 만날 수 있을 새로운 세계보다는 차라리 무(無), 바로 그것이었다.

나는 단 한 번 자크를 보았는데, 그로부터 몇 달 뒤의 일이
었다. 나의 아버지가 마르트의 수채화를 몇 장 지니고 있다
는 것을 알고 그는 그것들을 보고 싶어 했다. 우리들은 우리
가 사랑하는 사람들과 관계되는 것은 무엇이건 보고자 늘 갈
망하는 것이다. 나는 마르트가 결혼을 허락한 그 남자를 보고
싶었다.

　나는 숨을 죽이고 발끝으로 걸어서 반쯤 열린 문으로 향했
다. 문 앞에 닿자 이런 이야기가 들렸다.

　"제 아내는 그 애 이름을 부르면서 죽어 갔답니다. 가엾은
녀석이지요! 제가 사는 것도 단지 그 애 때문이에요."

　아주 의젓하고 또한 자기 절망을 잘 제어하고 있는 그 홀아
비를 보고 나는 세상 일들에 있어서 질서라는 것은 결국 저절
로 세워진다는 사실을 이해하게 되었다. 마르트가 내 이름을

부르며 죽어 갔다는 것과 내 아들이 온당한 생활을 하리라는
것을 나는 방금 알게 되지 않았는가!

작품 해설

　혜성과 같이 나타나 한동안 빛을 내다가 사라진 생애, 그리고 장 콕토라는 다재다능한 작가이자 영화계의 거물이었던 인물이 보낸 예찬은 레몽 라디게에게 신동(神童)이라는 전설적인 호칭을 주었다. 그러나 정작 라디게 자신은 그와 같은 신화에서 벗어나고 싶어 했고 아마도 그것을 부인했을 것이라고 평자들은 말한다. 왜냐하면 그와 같은 평가는 흔히 창조적인 작가의 깊은 특질을 가리기 때문이라는 것이다.

　라디게는 스무 살 이전의 소년이 썼다고 믿어지지 않는 간결하고 확실한 고전적 문체로 잘 잡히지 않는 오묘하고 깊은 연애 심리를 해부해 보임으로써 당시 사람들을 깜짝 놀라게 했으며 서점에서 대성공을 거두었다. 삼 개월 동안 10만 부 이상이 나가는 대성황(당시로선)을 이뤄 냈다고 한다.

　그가 갑자기 얻은 높은 명성을 1차 세계 대전 직후의 문학적 공백 덕분이라고 보는 평자도 적지 않았으나, 오늘날에 와서는 그릇된 견해였다는 것이 증명되고 있다. 전후의 혼돈 속에서 새로운 고전주의를 제시한 라디게의 작품 『육체의 악마』는 프랑스 심리소설의 역사적 흐름을 살펴볼 때, 빼놓을 수 없는 작품이기 때문이다.

이 소설의 주인공은 이야기하는 사람으로 나올 뿐 이름을 밝히지 않는다. 그는 젊어서 죽어야 되는 사람처럼 서둘러 대고 격렬하며, 일을 빨리 해치우는 젊은이다. 라디게 자신을 그 주인공에 비유할 수 있을 정도다.

라디게는 마른 강가에서 어린 시절을 보내고, 일찍부터 학교공부를 중단하고선 과도하다고 할 정도로 많은 책을 읽으며 시간을 보냈다. 대작가들의 작품을 보면서 자신의 문학적인 소양을 쌓았다고 하겠다. 그렇지만 동시대 작가, 특히 시인들을 소홀히 하진 않았다. 아폴리네르, 막스 자코브, 장 콕토 등의 작품을 즐겨 읽었다. 부친의 풍자화를 게재하는 잡지의 편집인이자 시인인 앙드레 살몽을 통해 위에 열거한 문인들을 만난 것은 1918년이다.

그는 열다섯 나이로 신문과 아방가르드 잡지에 글을 썼으며 큐비스트 화가들과 어울리고 전위적인 예술인들과 모임을 가졌다. 그리하여 자라, 브르통 등과 서신 교류도 했다.

하지만 라디게는 어느 유파에도 속하지 않았다. 그리고 당시 파리의 극심한 동요 상태에서 벗어나 장 콕토와 함께 글을 쓰게 된다.

1920년에는 『불타는 빰』이라는 시집을 내고 여러 편의 시를 발표한다. 그다음 그는 시 작품에서 볼수 있는 경쾌한 정신을 간직한 채 독특한 문체로 내면 심리 풍경을 묘사하는 소설로 진입한다. 외면적인 자연 묘사가 배제된『육체의 악마』에선 그 주인공이 스무 살 이전의 청소년이라는 점에서 신선한 느낌을 한층 더했다.

소년기로부터 청년기로 옮겨지려는, 아직 유동적인 상태에 있는 시기의 영혼을 묘사하는 것이 1차 세계 대전 후에 두드러지게 보이는 프랑스 문학의 특징 중 하나였다면,『육체의 악마』는 그와 같은 청춘소설의 선구적 작품이라 할 수 있을 것이라고 평자들은 이른다. 그러나 라디게는 감성적인 청춘의 낭만주의에 탐닉하진 않았다. 그것이 그를 대단한 작가로 만들어 준 것이다.

프랑수아 모리아크는 이렇게 말한다. "라디게는 자신의 청춘의 모습을 조금도 수정하지 않고 우리에게 보여 주고 있다. 그와 같은 수정이 없기 때문에 그의 작품은 자칫하면 사람을 자극하는 유쾌하지 못한 것으로 생각될 수밖에 없었다. 왜냐하면 총명한 통찰 이상으로 시니시즘과 유사한 것은 없기 때문이다." 그러나 라디게는 냉엄한 눈으로 인간의 정열을 직시하고 그것을 자연스럽지 않게 고귀한 것으로 보이게 하질 않으며, 뭣인가 구실을 만들어 부모에게 거짓말로 변명을 하려는 소년이 아니었다. 라디게는 결코 자기 옹호를 하고자 하지도 않았고 거짓말을 하려고 하지도 않았다. 소년으로부터 청년이 되려는 가장 크게 동요를 겪는 과도기의 영혼을 흔들림 없는 눈으로 응시하고 그것을 가차없이 해부하고 있다. 따라서 라디게는 비상한 작가이고,『육체의 악마』는 대단한 작품이라 하겠다.

1923년에 출간된『육체의 악마』는, 출판사 베르나르 그라세의 특출한 선전 덕도 입었지만 작품에 내제된 장점에 힘입어 크나큰 성공을 거두었다. 이 작품은 한 청소년과 젊은 여인과의 연애 관계에 대한 예리한 분석에 집중한다. 젊은 여인의 남편은 전쟁터에서 싸우고 있었고, 그 소년에겐 그 전쟁은 긴 여름방학과 같은 것이었다. 교양소설과 비극적인 시(詩)의 특질을 띤, 그 철 이르게 찾아온 드라마에서 작자는 상황의 역할을 강조한다. 전쟁 때문에 생긴 방종과 무위(無爲)가 한 청년을 만들어 내고, 한 여성을 죽이고 있다고 말이다.

소설의 화자(narrateur)는 영리한 천재이고 기민한 악마로서, 등장인물들의 마스크를 벗겨 내는 투시력으로 그들의 마음을 적나라하게 묘사하여 생생하게 드러나게 해서, 그 등장인물들이 내세우는 감정이 환상이고 그들은 그 감정의 연극을 자신들에게 하고 있다는 것을 보여 준다.

라디게는 작품에서 명쾌하고 설득력 있는 언어로 잡히지 않는 충동, 욕망의 윤락, 내밀한 대화등을 표현한다. 그 내밀한 대화는 의식의 비밀 속에 있으며, 돌이킬 수 없이 오해로 귀착될 인간 관계를 주재하고 있는 것이라고 한 평자는 썼다.

따라서 "마음의 불규칙적인 단속성을 꿰뚫는 분석에 근거를 둔 그 소설 속에서 사랑의 괴로운 상태에 대한 묘사를 볼 수가 있는 것이다."라고 지적한 한 비평가의 지적은 주목할 만한 이야기이다.

라디게는 작가들이 제각기 어느 누구와도 같지 않고 다르게 글을 쓰겠다고 소란스럽게 주장하는 시대에, 모든 사람과 마찬가지로 글을 쓰겠다는 오만불손함을 지녔다. 그러고는 이야기의 고전적인 완성에 열중하며 자신만의 독창성에 다다른 것이다.

분석의 섬세함, 문장의 간결함, 서술 체계의 지배, 특히 이 서술 체계의 지배는 심리묘사 소설을 쇄신하면서 고전주의로 되돌아오게 했다. 그 모든것은 라디게에게, 프랑스 문학의 놀라운 기재(奇才) 중 한 사람이라는 위치를 부여해 주었다. 그와 같은 주장은 그의 작품이 잘 증명해 준다.

라디게는 드 라파예트 부인으로 시작되는 프랑스 심리소설을 현대에 부활시켰다. 다다이즘과 큐비즘의 시대 분위기 속에서 그와 같은 고전적 문체를 새롭게 완성시킨 것은 주목할 만한 일이다.

가차 없는 투명성은 그 젊은 작가의 작품을 눈에 띄게 했는데, 그는 고전주의적인 엄격함을 되찾고자 했고 그 뜻을 이뤘다 할 것이다.

그리하여 현대 프랑스 문학에 있어서의 경이적 현상이라는 특권적인 명칭을 라디게는 시인 랭보와 나눈다. 따라서 오늘날 새로 나오는 작품들에서 우리가 느끼는 프랑스 문학의 새로워지며 되살아나는 그 전통을, 라디게의 소설을 읽으며 다시 한 번 확인하는 것은 결코 우연이 아니다.

라디게 자신이 「나의 첫 소설, 『육체의 악마』」라는 제목으로 《누벨 리테래르》 1923년 3월 10일 호에 쓴 글의 일부를 소개하며 라디게와 그의 작품의 이해에 도움을 기하고자 한다.

신동(神童) 취급을 받는 것은 작가로선 좀 달갑지 않은 일이다. 하지만 (나의 당돌한 발언을 용서하길 바란다.) 잘못은 '열일곱 살에 쓴 소설'이라는 실없는 말 속에, 기괴한 것이라고까지는 하지 않으나 하나의 기적을 보고 싶어 하는 사람들에게 있는 것이 아닌지. 쓰기 위해선 우선 살지 않으면 안 된다는 것은 상투적인 말이다. 따라서 소홀히 할 수 없는 하나의 진리이기도 하다. 그러나 내가 알고 싶은 것은 몇 살이 되면 "나는 살았다."라고 말할 권리가 있는가 하는 사실이다. 이같이 말하는 과거는 논리적으로 말해서 죽음을 뜻하는 것이 아닐지? 몇살이건 간에 아주 어렸을 때부터 우리는 살기 시작했다고 나는 생각한다. 어떻든 노년이 오기 전에 젊은 날의 추억을 이용할 권리를 요구하는 것도 그리 염치 없는 짓은 아닌 것 같다. 아름다운 날의 저녁 나절에 그날의 새벽에 대해 이야기하는 힘찬 매력을 비난하진 않지만, 밤이 되기를 기다리지 않고 새벽을 이야기 하는 흥미도, 전혀 다른 것이긴 해도 결코 적은 일은 아니다. 게다가 나는 이번 대전(大戰) 동안에, 청년은 그 잃었던 위신을 얼마간 되찾았다고 생각했다. 그렇지 않은지? 그 점을 좀 생각해 본다면, 그들 중 한 사람이 소설을 썼다고 해서 놀란다면 그것이야말로 청년에 대한 모욕이다. ……이 청춘의 글 속에서 수년 이래 더없이 유행하고 있는 '불안'이 눈에 띄지 않는다고 사람들은 의외라고 생각할 것인지? 하지만 『육체의 악마』의 주인공에게 있어선, ('나'라는 일인칭이 쓰였지만, 그 주인공을 작가와 혼동해선 안 된

194

다.) 그의 비극은 그것과는 다른 곳에 있는 것이다. 그의 비극은 주인공 자신에게서보다 주위 상황에서 생긴 것이다. 기거(基據)에는 전쟁이 원인인 방종과 무위(無爲)가 한 청년을 어떤 틀에 집어 넣고 한 여성을 죽이고 있는 것을 보게 되리라. 이 자그마한 연애소설은 고백이 아니다. 한층 더 고백처럼 보이지만 더욱 그렇지 않다. 자신을 책하는 자의 성실함밖에 믿지 않는다는 것은 너무나 인간적인 결점이다. 그런데 소설이란 것은 인생에 있어서 드물게밖에 존재하지 않는 입체적 두드러짐을 요구하기 때문에 가장 진실처럼 보이는 것이야말로 허위의 전기(傳記)인 것은 당연한 일이다.

2014년 5월

원윤수

작가 연보

1903년   화가 모리스 라디게의 자녀 7남매 중 장남으로 생
          모르에서 출생.

1913년~1914년   장학생으로 선발되어 파리의 샤를마뉴 중고
          등학교에 입학. 처음에는 좋은 평가를 받았으나 성
          적이 좋지 못하자 학교 수업을 빼먹다가 학교를 자
          퇴, 집에 있는 장서 읽기에 골몰. 17세기와 18세기
          작가들, 특히 라파예트 부인의 『클레브 공작 부인』,
          스탕달, 프루스트, 그리고 시인들인 베를렌, 말라
          르메, 랭보, 로트레아몽 등을 탐독.

1918년   《카나르 앙셰네》에 몇몇 콩트를 게재. 저널리스트
          이자 시인인 앙드레 살몽과 친해져 저널리스트 활
          동. 살몽과 관계 있던 신문에 짤막한 르포르타주를
          씀. 생애에 큰 영향을 미칠 만남으로, 장 콕토를 소개

받음. 콕토는 이내 그의 숨겨진 재능을 알아보고 라디게가 읽어 주는 자작시를 듣고 감격하여 전위적인 잡지에 시를 발표하도록 주선.

1920년 콕토와 서로 떼어 놓을 수 없는 사이가 되고 《르 코크(Le Coq)》라는 작은 잡지를 창간. 환상적인 경향을 띠며 본질적으로 전위적인 잡지로 로제 프레네, 폴 모랑 그리고 트리스탕 자라 등이 참여. 라디게는 창간호에 다음과 같이 시작하는 논문을 집필. "1789년 이래 생각을 하지 않을수 없다. 그 때문에 난 머리가 아프다." 장 콕토는 거기에 다음과 같은 비판을 덧붙임. "비평은 늘 비교를 한다. 비교할 수 없는 것은 그 손아귀에서 빠져나가는 것이다."

장 콕토와의 우정은 강력하고 격해지기 쉬운 애정 관계로 추측되는데, 실제로 그것을 정당화하는 증거는 없으며 다만 라디게가 죽자, 콕토는 자살을 생각할 정도로 비탄에 빠졌었다고 전해짐.

라디게에겐 다섯 정부가 있었는데 마르트의 모델이기도 한 이웃 젊은 유부녀 알리스 세리예, 모딜리아니와 헤어진 베아트리스 아스탱, 1919년엔 화가 이렌 라귀, 후에 르네 크레르의 부인이 된 마네킹걸인 브로니아 페르뮈테르 등으로, 그리 정숙하다는 평을 받지는 못하는 여자들과 자주 어울림.

1921년 방탕한 생활을 정리하고 내적인 규율을 자신에게 과함. 외적인 생활은 전혀 질서정연하지 못했으나,

그의 내적인 생활만큼은 더 조화롭고 균형 잡혔으며 보호된 것은 없었다고 전해짐. 이 술집, 저 술집을 배회하면서 밤을 온통 새며, 호텔의 이 방 저 방을 방황했으나, 그의 정신은 한결같은 투명성과 놀랍고 확실한 논리로 활동했다고 그의 친구 조제프 케셀은 밝힘.

희곡 「펠리캉네 집 사람들」을 시몬 화랑에서 간행. 콕토의 주선으로, 파리에서 떨어진 피케라는 곳에서 『육체의 악마』를 완성.

1922년   6월 말부터 콕토 및 친구들과 함께 남프랑스 라방두에서 지내며 소설 『도르젤 백작의 무도회』를 집필.

1923년   3월 10일, 베르나르 그라세에서 『육체의 악마』를 출간. 출판사는 '17세 소설가의 첫 작품'이라고 내세웠는데 그와 같은 광고를 고약한 취향으로 보고 비평계는 놀라는 한편 비웃고 적개심을 품었으나, 책이 발간된 다음 막스 자코브나 폴 발레리 등의 열렬한 찬사를 받음.

10월에 파리로 돌아온 후, 12월 12일 장티푸스에 걸려 짧은 천재적 생애를 마침.

1924년   『도르젤 백작의 무도회』를 베르나르 그라세에서 출간.

세계문학전집 **321**

육체의 악마

1판 1쇄 펴냄 2014년 5월 16일
1판 9쇄 펴냄 2024년 7월 18일

지은이 레몽 라디게
옮긴이 원윤수
발행인 박근섭, 박상준
펴낸곳 (주)민음사

출판등록 1966. 5. 19. (제 16-490호)
서울특별시 강남구 도산대로1길 62(신사동) 강남출판문화센터 5층 (우편번호 06027)
대표전화 02-515-2000 팩시밀리 02-515-2007
www.minumsa.com

© 원윤수, 2014. Printed in Seoul, Korea

ISBN 978-89-374-6321-1 04800
ISBN 978-89-374-6000-5 (세트)

세계문학전집 목록

세계문학전집은 계속 간행됩니다.